尾瀬・ホタルイカ・東海道

銀 色 夏 生

幻冬舎文庫

尾瀬・ホタルイカ・東海道

尾瀬めぐり

２００８年7月21日（月）

急に思い立って、編集者の菊地さんにメールした。

「今年の紅葉の頃の尾瀬に、トレッキング２泊３日で行きたいのですが、どうですか？
一番いい時は、たしか……10月の10日前後だと思います。
まあ、その年によって前後はしますが。私の思い出の、尾瀬……。
いい匂いがするんです。うっそうとした木の下のあたりから……。
もわっと……、すごくせつなく、きれいな匂いが。
近年の尾瀬のことを調べてもらえますか？　私も調べます。　銀色」

私の最初の写真詩集『これもすべて同じ一日』という本の、前から２枚目の写真はたしか、尾瀬の大清水平だった。朝もやに煙るワタスゲ。

草もみじの写真も尾瀬。

遠くに白樺の見えるあざみがいっぱいの草原の写真は戦場ヶ原。

「尾瀬、高校生以来です！

わたしが行ったのは夏だったので、いい匂いの思い出はありませんが……。

今、紅葉時期を調べ中です。　菊地」

「尾瀬は、もし行けるなら、秋、冬、春、初夏というふうに季節を廻《めぐ》ったらどうかなとも思います。　銀色」

「なるほど！　それもいいですね。会社の山男くんに相談します。」

「私もガイドブックを3冊注文しました。

大人のハイキング本と、『るるぶ』と、尾瀬の携帯用植物ガイド。

行きたい場所はだいたい決まっているのですが、またいろいろと話しましょう。

簡単にささっと行きたいけど。やはり2泊しないと無理かな。

山男くんって、どんな人？　山男くんも一緒に行くの？」

「尾瀬、バスツアーなんかを見ると、1泊ですけどね。　1泊コースも山男くんと検討します。銀色さんが東京に戻られたら、打ち合わせを！

＞山男くんって、どんな人

見た目はイケメンなのですが、ちょっと腰が引けた女の子風。男臭くないので、付き合いやすいです。

∨山男くんも一緒に行くの？

はい。最初はガイドということで、一緒に行ってもらおうと思います。」


ということは、山男くんのこと、本に書いても大丈夫なの？　ちょっと心配。

「つっこみＯＫなの？」と聞いてみた。

「ＯＫです！　わたしはいつもつっこみまくりです。」


9月4日、打ち合わせをかねて菊地さんと谷中《やなか》の喫茶Ｍで待ち合わせ。かねてからの念願だった大根カレーを食べるため。

とても暑い日で、11時半に待ち合わせだったけど、行く時から気持ちは沈みがち。私はどうも、何をするにも最初はいつも沈みがち。

尾瀬も、ガイドブックを読めば読むほど、山小屋に泊まった昔の記憶が甦り、疲れた気分になっていた。なんか……面倒くさい気持ちになってしまった。なんか……行きたくない。

今日は、確実に行くということは決めまい、もし行くとしたら、というふうに引き気味に話そう、と心に誓う。行くとしても、この秋じゃなく、いつか……ずっと先、来年とか、いつかもし行けたら、ってことにしよう。

　電車に乗って、千駄木の駅に着いた。そこから谷中銀座をめざす。距離はそう遠くはないけど、新しいサンダルで足が痛くなってきたし、すっかりブルーな気持ちで、お店に到着。木の引き戸を開けると、ほっとするこげ茶色の木造りの昔懐かしいような時間の止まった空間。菊地さんが奥に座っていた。他にはだれもいない。

「……お～い」といいながらテーブルに着く。菊地さんはちょっと道に迷ったそうだ。

しばらく話してたら、ドアが開いて、その山男くんがやってきた。初めて見る男の子だ。

年齢は30歳で、山や虫や魚や魚釣りなどが大好きなのだそう。ザリガニを飼っていて、白いメス1匹、赤いオス1匹。写真も見せてくれた。「かわいいんですよ、かわいいんですよ」と何度も言いながらザリガニの話をうれしそうに語っている。

　虫も好きだというので、虫くんと呼ぼうか。

　私は大根カレー、ふたりは味噌味ひき肉のキーマカレーを注文する。ふたりとも大のカレー好きで、つい昨日もわざわざタクシーでカレーだけを食べに行ったそう。私もちょっと好きなので、しばらくカレーの話を3人でする。

　尾瀬のガイドブックを取り出して、私が行きたい場所を説明する。燧裏《ひうちうら》林道。でも尾瀬にがっちりじゃなく、尾瀬以外にも行きたい場所があって、2泊3日でここもここも行きたいと伝え、いろいろルートを考える。

カレーが来た。私の大根カレー、おいしい。キーマカレーもちょっと辛いけどおいしいとふたりとも言いながら食べている。分けてもらったら香辛料がたくさん入っていて大人の味。私は大根カレーの方が好きだったので、ちょうどよかった。私のもちょっと分けてあげる。ミニサラダとアイスクリームとコーヒーがついていた。

フト見ると、テーブルに「写真を撮る時は店主に許しを得てください。常識ですよ」という但《ただ》し書きがあり、一気に緊張する。それで写真は遠慮する。携帯の音も出すなと。気難しい店主のようだ。

「もし行くなら、もし行くなら」と、控えめに話をしていたら、「銀色さん。今、盛り下がってるんじゃないですか?」と菊地さんに気づかれる。

「うん。ガイドブックを読めば読むほどなんか、昔行った山小屋の雑魚寝のことなんか思い出して……」

「だと思いました。最初はいつもそうですよね。知床の時も、こんな朝早くってだれが決めたんだろうなんて」

「うん」私だった。

「じゃあ、盛り上げましょう！」と虫くんが元気に言ったので、「いや、盛り上げなくていいよ」と言う。

私が行きたい尾瀬以外の場所は、奥只見湖と丸沼、菅沼、戦場ヶ原。
で、決定したのが、1日目の行きは新幹線とレンタカーで奥只見湖を見てから檜枝岐《ひのえまた》温泉泊。2日目は朝早くから燧裏林道散策、高速を使って群馬県沼田へ移動。どこかの温泉泊。3日目は丸沼、菅沼、戦場ヶ原を見て、日光でゆば料理を食べて帰る。
私と虫くんはゆばが好き。菊地さんは特に好きでもないそうで、ゆばづくし料理は食べたくないと言う。
虫「1ヵ月後ぐらいには、ゆば大好きって言ってますよ」
その根拠は？
菊「ええ〜、それはないよ〜」
銀「だって今までだって食べたことあるんだよね。それで好きじゃなかったんだから」
菊「そうそう」
銀「菊地さんにはコンビニのパンがあるよ。か、おにぎりか。日光といえば、塩羊羹《しおようかん》っていう名物があるよ」

菊「私も」
銀「私はいらない」
虫「それ食べたいな」
　虫くんは甘いものも好きなのだそう。私は羊羹はそんなには好きではない。
銀「でも端っこのざらざらがついてるのは好き」
虫「あ、僕も好きです」
銀「カステラとかもね。シュークリームは好き？」
ふたり「好きですよ」
銀「私はね、ケーキ屋さんのシュークリームよりも、スーパーとかで売ってる、１５０円ぐらいで皮の柔らかいのが好き。あの匂いも好き。裏がまるくつるんとへこんでるでしょ？　そこをやぶって、クリームをちょっとだけつけるのが好きなんだよね〜。なんかさ、ケーキ屋さんので、クリームが重くみっちりつまってるのない？」
菊「ありますね」
銀「あれがあんまり。クリームだけ残っちゃう。あと、皮がしっかりしてるのとかもあんまり」
虫「サクサクしてるのありますよね」

銀「パイみたいなね」

いろいろ話してても、虫くんはポジティブで前向きなことしか言わない。

銀「嫌いなものはないの？」と聞くと、う〜ん、と考えて、

虫「ちょっと思い浮かばないですね」

銀「菊地さんは何が好きなの？」

菊「私ですか？……トレーニングですね」

私がしゃべってる間にふたりはカレーを食べ進んでて、もうすぐ食べ終わりそう。このまだと私は味わわずに急いで食べることになる。ゆっくりと食べたかったので、「しばらく味わって食べてるから。ふたりで話してて」と言う。そうじゃないと気を遣ってしゃべってしまうから。けど、そう言ったわりには、「これくらいの辛さが僕はいいですね」なんていうのを聞いて、つい私もひとこと口をはさんでる。黙って聞いてるからって言いながら、聞き流せない自分を発見する。

「奥日光は好きだけど、日光の中禅寺湖とかいろは坂とか華厳《けごん》の滝はあまり好きじゃないんだよね。薄暗いイメージで。あと、尾瀬の水芭蕉も嫌い」と言ったら、ふたりとも驚いてい

た。水芭蕉といえば尾瀬の代名詞だし、そんなにはっきりと嫌いって言う人もめずらしいって。私はなんか、水芭蕉が群生している様子とか、あの形、その定着したイメージが嫌なのだ。カレンダー等で見すぎたような気がして。


「じゃあ、日にちを決めちゃいましょう！」と、どっちかが言いだした。

「え？　それじゃあ、行くんだね？」とおずおずと聞いたら、「そうですよ」と菊地さんが言う。山好きの虫くんはとてもうれしそうにしている。

そうか……、いいよ。しょうがない。自分から言いだしたんだし。よし、行こう。

日にちは10月5、6、7の2泊3日になった。10日前後がだいたい紅葉のピークと言われている。わざわざ紅葉を見に行くってことなんてないからと、虫くんは楽しみな様子。

虫くんが、前日が友だちの結婚式だと言う。この日程はかなりハードだけど、運転は大丈夫？　と聞くと、以前パラグライダーをやっていて、その頃過酷な条件下で移動していたのでぜんぜん大丈夫ですと、頼もしい返事。「山だったら銀色さんも運転できるんじゃないですか？」と菊地さんが私に。「うん。山とか、高速だったらできる。菊地さんは……」「私はぜんぜん。ペーパードライバーなので」と。たしか屋久島でも私が運転手で、菊地さんはお客さんみたいにちんまり助手席に座って優雅に景色を見てたっけ……。

銀「朝、早くてもいいよ。そうすれば奥只見湖をゆっくり見れるから」
菊「いいんですか?」
銀「うん。ただ、朝は最初はたぶんにこにこしてないけどいい?」
菊「そんなの、もちろんいいですよ」
銀「朝はそれぞれ自分の世界でね」

食後のコーヒーも飲み終え、後藤の飴屋に行きたいと言ったら、みんなも一緒に行ってくれるという。後藤の飴、前に来た時閉まっていて残念だった。そこへ向かう途中、菊地さんが「さっきのお店のトイレ、すごかったですよ、貼り紙が」と言いだした。聞けば、トイレットペーパーの使い方やその他もろもろ、ものすごく厳しく、こと細かい注意書きが書いてあったそう。「へえ〜っ。どうして言ってくれなかったの? 入ってみたかった」と言えば、虫くんも見たかったたと。

飴屋さんに到着。今日は開いていた。店主がさかんに自動販売機のジュースの販売員にこれはちっとも売れないとかなんとか言ってる。このあたりの店主はみんな個性が強いようだ。しょうが飴とニッキ飴を買う。ゆずは? と聞いたら、ゆずは10月にゆずのジャムを作ってからなので、11月になりますと丁寧に説明してくれた。

手作りの飴だった。おいしい。しょうがは、まるで生のしょうが汁をなめてるような生々しさ。風邪をひいたら薬をのまずにこの飴をなめて治そうと思った（実際そうした）。

そこからしばらく暑い中、散歩する。昆虫がいたようで、虫くんがすかさずそっちへ近づいてじっと見ている。「好きなんだね……」と言うと、「携帯の待ち受け、玉虫なんです」と言って、その画像をうれしそうに見せてくれた。羽がてりてりと緑色にかがやいている。次の画面はその玉虫の正面からの顔で、「いいと思いませんか?」と、また目をキラキラさせて私たちに見せる。

「……仮面ライダーみたいだね」

その玉虫、どこだかの駅で見つけたそうで、会社まで連れて行ってみんなに「かわいいでしょう?」と見せたら、みんな気持ち悪いと言って嫌がっていたと寂しそうに話す。「虫って、嫌いな人多いからね……」となぐさめる。

お墓の脇の道を、汗をかきながら3人で歩く。

何かの話で、虫くんは恋愛でどうも熱くなれないんだよねみたいなことを菊地さんが言いだした。そうなんですよ……と虫くんが言うので、私は過去の経験から「そういう、なにか好きなことが強くあって恋愛にあれこれエネルギーを注いでない人は、ドーンと1回で来るんだよ」と言う。「運命的なものですか？」と菊地さん。「そう」と私。「まだ、ドーンというのがないですね……」と虫くん。ゲイに間違われたこともあるそう。「男の人が好きってことは？」と聞いたら、「いえ、ぜんぜん」と首を振る。ドーンがない人もいるだろう。でもそういう人は、ドーンがなくても、それを補って余りあるものを経験するんだろうなと勝手に思う。
銀「人は？　人は好きなの？」
菊「好きだよね」
虫「はい」
　あとで菊地さんから聞いたところによると、虫くんは女性とデート中、水槽のｐＨ値を変えなきゃいけないのでと家に帰ったことがあるという。

　たくさんのお墓を横に見ながら歩く。左がすべてお墓。右が民家。
虫「さっきの飴屋の店主、まずゆずのジャムを作るってとこ、すごいですねって褒めてほしそうな、ちょっと威張った感じじゃなかったですか？」
銀「そう？　私はあそこはただの説明だと思ったけど？」
虫「……でもそういう人、僕、好きですけどね」

銀「あ、今のその言い方、ちょっとヤな感じだった」

菊「ははは。そうですね。上から目線、みたいな」

　暑いお墓の道を3人で歩く。

　暑いので氷でも食べようと向かった店は閉まっていたが、近くに有名な「愛玉子《オーギョーチイ》」のお店があったので、そこで愛玉子の氷かけを食べる（私と菊地さん）。虫くんは愛玉子。愛玉子というのは、台湾の植物の種子を寒天状に加工したもので、シロップをかけて食べる、あっさりさっぱりとしたゼリーみたいなの。

　そこでまた地図を出して、話をする。私もだんだん行きたい気持ちになってきた。「みんなそれぞれに自分の見たいものを見ようね。それぞれに楽しもうね」

「日光でもし時間があったら、東照宮でも見ようか～」となにげなく言ったら、ふたりともすごく喜んでいる。見たかったらしい。「見たかったけど、言えませんでした」と菊地さんがかわいいことを言う。へえー。「他にも見たいものがあったら言ってよ」と言っとく。

　この店のトイレは家の中だった。入り口もよくわからなかった。教えられたドアを開けるとすごく大きな音がした。土間があり、そこから家に上がり、湿ったような足拭きマットの上のスリッパを履く。ひいおばあちゃんの家のよう（いないけど、イメージ）。薄暗い廊下のつきあたり。ドキドキした。

今度は私の目の前に虫くんが座ったので、その顔を初めて正面から見てみた。好きだという昆虫や爬虫類に目が似ている。

「顔がさあ、爬虫類や虫に似てるね。やっぱ好きだからかな」と言うと、「このあいだ、さかなクンに似てるって言われました」とうれしそうに話す。「うん。……なんか……どこか人間っぽくないね」「人間でいたいです」「いや、人間だけどさ」

虫くんは、小学校の時にスリランカに住んでいたことがあるそうで、その時のことを何か覚えてる？ と聞いたら、大きな亀を4匹、庭で放し飼いにしていて時々逃げられたことを話してくれた。それから、虫くんは富士山に登りたいのだそう。菊地さんもいつか登りたい、と言っていた。私は富士山にも興味がない。水芭蕉と同じで、写真を見すぎて。

お店を出たところで虫くんは会社に帰ると言うので別れて、私と菊地さんはまた暑い中、細い道をくねくね歩く。細い坂道の途中に猫のものばかりがある民家のお店があったので入る。靴を脱いでスリッパで。全体が猫のスリッパもあり、だれかが「かわいい〜」と言っていた。そうかな？ と思う。出た後そのことを菊地さんに言ったら、菊地さんは「私はあのスリッパ、絶対に履きたくないと思いました」と言っていた。うん（笑）。

次は18日。トレッキングシューズやフリースを買うために、新宿の髙島屋で待ち合わせ。

喫茶Mで、「雨天決行だよね」と聞いたら、「そうですよ」と、ふたりがきっぱり声をそろえた。「何着ていくの？」と聞くと、フリースにウィンドブレーカー。山は寒いし、雨が降るかもしれないから。私が持ってるウィンドブレーカーは屋久島の時に買った真っ赤なの。菊地さんは黄色。その赤と黄色で歩きたくないから新しいのを買おうかと話した。今はいろいろかわいいのがあるらしい。「そういう着るものなんかがかわいくて好きだったりすると楽しくなりますからね」なんて、これもまたふたりが楽しそうに口をそろえて言う。「私はそうじゃないかも……」と小声で言ってみたけど、「いいえ！」なんてきっぱり言われる。

また、その時期はもみじ狩りで混雑するだろうから、宿と食事は期待しないようにしようと話した。宿はとれるかどうか……。帰りの日光のいろは坂は混むかもしれない。あ、でも、いろは坂の紅葉の見頃は尾瀬よりもあとか。

その後、菊地さんから宿泊先の連絡が来た。私が虫くんとあだ名をつけたことを報告したら、

「あ、わたしも時々、虫くんって言ってるんですよ。

宿は5日の日曜日が結構混んでいて、今仮予約はできましたが、ほんと、修行のようなところなので（6畳間に2人とか）、他も当たっています。

老神《おいがみ》温泉は大丈夫そうなところがとれました。　菊地」


あの日、山の話をしていて、五色沼がきれいだったと虫くんが言い、私も昔行ったことがあるので、そうそうと言う。裏磐梯《うらばんだい》。小さな沼がたくさんあって。沼の色がいろいろあって。菊地さんは行ったことがないそうで、へえ～と言いながら聞いていた。すると他にもきれいなところを思い出した。私は志賀高原が好きで、紅葉の時期、雨模様で白くけぶる中をバスの中からあざやかな紅葉をくいいるように見ていたことを思い出す。黄色や茶色やオレンジにあふれた湿原を歩いて、雲間からこぼれる光を見たことを。

大好きだったんだった、私。紅葉が。静かなひんやりとした秋の紅葉が。

9月18日（木）
新宿の髙島屋の前で待ち合わせ。さっそく、すぐ近くのアウトドアのお店へ行く。ふたりが声をそろえて薦める「ダナー」のトレッキングシューズを買うため。

「たくさんあるトレッキングシューズの中で、かわいいのはそれだけなんです！　本当に、それしかないんです！」と、またまた熱く声をそろえるふたり。菊地さんは山に登るという人には何人もその靴を薦めて買わせたそうだ。かわいいとふたりが言う黄色がなかったので、取り寄せて送ってもらうことにした。その間、まわりの靴を見てみた。たくさんのトレッキングシューズが並んでいる。安くて種類も多い。「別にこれでもいいかも……」と言おうとしたら、「こっちはぜんぜんかわいくないですよね～！　ほら、芋虫みたいじゃないですか？」と菊地さん。「……う、うん……」でもなんか、楽そうに見える。

そのシューズのところに「屋久島」「屋久島」「屋久島」って書いてある。「なにこれ？」どうやら屋久島が人気で、屋久島に行く人にはこれがいいですよと薦めているらしい。

「屋久島ねえ……、私はあそこ、あんまり好きじゃないなあ」と言ったら、「えーっ、そうなんですかあ？」と、虫くんが悲しそうに驚いている。

「いや、私の嫌いは、嫌いって言っても、ふつうの嫌いじゃなくて、好きっていうのも、別にそう好きってわけでもなく……」ともごもご言ってたら、菊地さんはいつものことなので、聞き流していた。そう、好きとか嫌いっていうのがあんまり区別がないんだよね。好きっていってもただ好きっていうんじゃなく、嫌いっていってもただ嫌いでもなく……。正確に表現するには長い説明が必要。私のものの捉え方の基本姿勢みたいなことで、でもそれをここで説明するのは面倒だし……。

それから、近くのもういっこの店に行って、けだるいので、軽くぼやきながら靴下を買って、次に原宿のパタゴニアへウィンドブレーカーとフリースを買いに行く。雨だし、湿気も多く、お腹《なか》もすいたので、私はもうどれでもいいという気持ち。別に今持ってる赤いのでもいいかなってぐらい。「どれでもいいんだけど……菊地さんが決めてくれてもいいよ……、また使うかわかんないし」と言うと、「四季、めぐるんじゃないんですか？」。そんなことも言ったっけ。

……そして、白っぽい上着と虫くんと同じフリースの水色を買うことにした。「試着しましょう」と菊地さんが言う。「試着、嫌いなんだよね」「だと思いましたけど、しなくちゃダメです」

で、しぶしぶ着て、ふたりに見せて、「いいじゃないですか〜」とふたりを喜ばせ、「これにするね」って私はぼんやりしたまま買う。2着で5万円以上した。けっこう高いんだなと思う。菊地さんと虫くんも自分のを買う予定らしいけど、じっくりゆっくり選びたいようで、自由にあとで買う、みたいなこと言ってて、ちぇっ、私だけ、なんか、心ここにあらずで流されるままに。でも、今買わないと、買いそうもないからしょうがないか。私ももうちょっと気持ちの焦点があってたら集中するのに、なにしろよくわからなかったので（その後、聞いたところによると、菊地さんは週末に張り切って買いに行ったら、だんだん混乱してきて、結局、蛍光オレンジのゴアテックスを購入したそう。黄色とあんまり変わらなかったって。ぷっ。なんか、うれしい。「……行く時もそれで？」とメールしておいた。それだって）。

それから、休もうよと言って近くのカフェへ。4時という中途半端な時間だったのにみんなお腹すいてるというので、ナシゴレンやカレーをたのむ。まわりを見たら、なぜだかお客さん全員が食事していたので驚く。みんなもなんで？　お腹すいてるの？　4時に？

そこで新幹線の切符を渡される。10月5日の8時24分発、東京駅。

「菊地さん。調べてたら、あるゆば料理の店に、菊地さんにもぴったりのメニューがあったよ」

「なんですか？」

「ゆばカレー」

そのゆば料理屋にはゆばカレーがあるそうだ。ゆば以外のものを食べたい人向けに用意しているのだろうか。

菊地さんは仕事だからと先に帰ったので、私が食べ終わるまで虫くんにいてもらう。

虫くんが「昆虫の絵本を作ったんです。すごく絵の上手な人がいて、写真みたいなんですよ」と楽しそうに言うので、「へ〜、よくそんな、ドンピシャな仕事があったね」と言ったら、「自分で企画だして通したんです。半ば強引に」と。

なるほど。その話を興味深く、集中して聞く。「そのイラストレーターさんに会いに行くと、打ち合わせもそこそこに虫捕りなんです！」とまたうれしそう。

その昆虫の絵本、今度見てくださいなんて言う。うん。次は魚の絵本を作りたいそうだ。上流から下流へ向かって親子（人間）が「あれなに？」なんて話しながら下っていく絵本（構想中とのこと）。

「紅葉の初めと終わりだと、どっちが好きですか？」と聞くので、「う〜ん……私はどちらかというと終わりの方。でも今回はどちらかというと初めだよね」

「そうですね。季節はいつが好きですか？」

「……春と秋」

「僕は秋は好きですけど……」

「秋生まれ？」

「冬です」

「人って生まれた季節が好きだって言うよね。ホントかなあ」

「春って、あわただしくないですか？　変わり目で」

「そうだね。でも、花が咲くから好きだよ。あったかくてぽわんとしてて」

「花は、何色が好きですか？」

「……青と白」

「青い花って、どんなのがあるんですか？」

「いろいろあるよ。小さいのが多いかも。でも、少ないかもね」

「白い花は……」

「白は、たくさんあるよね」

「白い花が好きなのに水芭蕉は嫌いなんですね」

「うん……」嫌いというか……貴重だからみんな見たいんだろうなって、ただ……。

　虫くんは一時期、蘭の花が好きだったそうで、ある時、蘭の花の真ん中のところを触ってたら三角形のところがぽろっと落ちて、そうするとその花は2～3日で枯れる、ということを発見し、そこにあった三角形を全部とってみたら、全部すぐに枯れてしまったので、その三角形になにかがあるんじゃないかと思った、と言う。

　それから、好きな景色の話をしてて、私が新緑が好きだと言ったら、

「新緑だったら白神山地なんかどうですか？　よさそうですよ」

「白神山地……、東北だよね」

「行きましょうよ」

「う〜ん。そこらへん、あんまり知らないんだよね……。知らないといえば、四国とか、中国地方もあんまり知らない……。四国って、緑が深い感じだよね。緑しかないような……」

「四万十川があるじゃないですか！」

「あれもまたテレビで見すぎて……」

「僕、あと、釧路平野にも行ってみたいんですよね。川がこう……（S字形に）流れてるじゃないですか」

「ああー、行ったことある。私、あそこでカヌーに乗りたいんだよね……」

「いいですねえ！　カヌー、行きましょうよ！」

「それ、自分がただ行きたいだけだよね」

「6月頃の北海道ってよさそうじゃないですか？　梅雨がなくて」

「そうそう。いいよー。だったらいろんな要素があった方がいいから、7月初めに花が咲くから、その頃がいいんじゃない？」

「いいですね！」

「……あそこらへんって、夏でもさびし〜くって、いいよー。霧多布《きりたっぷ》岬っていつも霧がでてて寒いところがあって」

「はい」

「さびしくていいんだよ。厚岸《あっけし》のカキ、根室半島の花咲ガニ、野付《のつけ》半島のシマエビ」

「花咲ガニってヤドカリの仲間なんですよね」

「……そうなの？」

「釧路でカヌーに乗って、おいしいものを食べましょう！」

すっごく楽しそうな虫くん。その、すごく行きたそうな様子が不思議。

「釣りしましょうよ！　釣り！」無邪気に喜ぶ虫くんが不思議。

「釣りねえ……。べつにそう、好きってわけでもないんだけど……。でも、それもいいか
……。誘われるままに体験っていうのもいいかもね……」

「そうですよ！」

「でもその前に、無事に尾瀬から帰ってこれるように……。なにしろハードスケジュールだし行き当たりばったりだから、どうなるか」

「アクシデントも楽しみましょう！」

「うん。そうだね」

シューズになじんでいてくださいと言われたので、後日、40~50分ほど歩いた。すると、くるぶしの上のどこかが当たって、だんだん痛くなった。実際に行く時は、厚い靴下を履こうと思う（ところで、菊地さん、カヌーは嫌いだって。あのあと会った時、言ってた）。

9月30日。かなり寒くなってきた。台風が近づいているという。

出発は、この台風が去ったあとになるので、ちょうどいい天気になりそう。虫くんから、このあいだ話してた虫の絵本『昆虫の生活』が届いた。見やすく丁寧な虫の絵がたくさん。参考になる。私がいちばん注視したのは、イラガの幼虫。カキの木によくいる。毛に毒があって、触れるだけでものすごく痛い。小さいうちは黄緑色できれいなんだけど、何度やられたか。これこれこれこれこれ！　憎き、これ！　と思いながら、じーっと見る。

出発を3日後にひかえた今日は、台風が去って快晴のすごくいい天気。が、天気予報によると行く日から天気がくずれるのだそう。雨か……。さっそく菊地さんにメールする。

「なんか雨っぽいから、オレンジと黄色、見られそうだね（カッパの色）。

私はグレイと赤……。消防士みたい……。

寒かったら、あまり無理しなくていいよね……。

今日はこんなにいい天気なのに、ちょうど週明けだけ、ぐずつくみたいだね。でも、雨の景色もしみじみしてていいよね。そしたら早めに温泉に行こうね。　銀色」

「ほんとですね。雨……。オレンジと黄色……。消防士、かっこいいです。日光東照宮はこの時期5時までの拝観なので、大丈夫そうです。そちらを楽しみにします。　菊地」

「そうだね！

観光をメインにしようよ。

寒い中をいつまでも歩くと体がひえちゃうよね。かえってそういうベストな天気じゃない方が、いろいろ考えていいかもね！では、気軽にまいりましょう〜。　銀色」

東照宮の「見ざる言わざる聞かざる」を雨の中で見よう。もう何度も見たけど。2〜3回ぐらい見たけど。また違った味わいがあるかもしれない。鳴龍《なきりゅう》も見上げよう。

次の日、また天気予報を見た。まさにちょうど私たちが行く3日間だけ、天気が悪い。曇りと、曇り時々雨。でも尾瀬沼のライブ映像を見ていたら、うっすら紅葉しているのが見えた。それを見たとたんに、急に楽しみになる。そういえば私は、晴天の紅葉よりも曇りの日の紅葉の方が好きだった。霧や小雨の時はいちばんきれいだと思う。寒いかもしれないけど、ハイキングにはつらいかもしれないけど、きれいさの方が大事だとしたら、雨っていうのは最高かもしれない。晴れた日の紅葉って、色があんまりきれいじゃないから、好きじゃないんだった。

なんか俄然《がぜん》、うれしくなる。さっそくガイドブックを広げる。ちょろっと歩くだけなんて思ってたけど、こうなったら1日歩きたいなあ……。燧裏林道を歩くのだけど、赤田代まで行きたいな……とか、胸が躍る。そうだ、いろいろ準備しなくちゃ。足のマメ用のパッドを買ってこようっと。菊地さんにもメールする。

「思い出したんだけど、
私は天気のいい日の紅葉ってあんまり好きじゃなかったんだった。
曇りや小雨ぐらいの方が色がきれいなので、好きだったんだった。
それを思い出したら、急に楽しみになったので、
月曜日は、長く歩くことにしたので、そのつもりで。
天気悪くてよかった。私の好きな天気だと思う。　銀色」

出発前日。10月4日土曜日。

今日もいい天気。さわやかな秋晴れ。そして明日から3日間、天気が悪い。特にあさっての尾瀬ハイクの日がいちばんの雨っぽい。けど、そういう天気が好きなのだからいい。できれば明日も時間があったらハイキングをしたいほど。

10月5日（日）

東京駅8時24分発の新幹線「Ｍａｘとき」で越後湯沢へ。

ホームに菊地さんの姿が見えた。おーい。

2階建ての2階。席に落ち着いて、きょろきょろあたりを見回す。電車の旅ってひさしぶりでうれしい。この3日間は強行スケジュールだ。普通は尾瀬だけでも数日ほしいところなのに、メイン級の5つの観光地を前菜並みに早足で2泊3日で駆け抜けるという贅沢さ、というかもったいなさ。でも、私が行きたいところだけをつないだらそうなってしまった。移動が多い。新潟、福島、群馬、栃木の4つの県をまわるのだけど、尾瀬がその4つの県の境目にあって車が通れないので、まわりをぐるっとまわるような感じだ。

しかも、時間の使い方も、虫くんがひと電車遅れるという贅沢さ（笑）。

電車のトラブルで、新幹線に間に合わなかったと連絡アリ。

動き始めた車中で菊地さんとお昼はなにを食べようかと真剣にガイドブックを見る。

銀「へぎそばだって」
菊「いいですね」
銀「奥只見湖……、遊覧船にのる？」
菊「遊覧船にはのりません」
銀「きれいだったらいいかもとは？　私はちょっと思ったよ」
菊「遊覧船は、のったらけっこう退屈で、しゃべって終わりですよ。恋人同士ならいいですけどね」
銀「そうだね。恋人同士だったら、どこでもいいよね……」
そんなことを話しているうちに、1時間ちょっとで、あっというまに越後湯沢に着いた。

虫くんが追いついて来るまでの45分間、駅の売店をのぞくことにした。すると、ここが思った以上の充実ぶりだった。いろいろと工夫して頑張っているのが感じられた。夜のおやつにお米でできた「新潟チップス」を買う。また、酒に酔う大きくリアルなサラリーマン人形などもあった。それの小さなキーホルダーもあった。かわいいと思ったのは鉄のキーホルダー。小さくて重い。ゆきだるまや、枡《ます》、酒瓶など。そうそう、ここにもまりもっこりの地方版が。それは「温泉饅頭」と「温泉」と「温泉玉子」だったが、菊地さんが憤慨していた。

おんせん玉子 まりもっこりなど

越後湯沢駅 漬物の試食たくさん

長いトンネルで恐い話

へぎそば 大きいのたのみすぎた

ピクピク動いてる

岩魚の炭火焼

奥只見ダムの前で記念写真

振り返るとススキがきれい

恋ノ岐越え

ひうち裏林道を歩く

素朴でおいしい夕食

ゆけむりたちこめるいい温泉

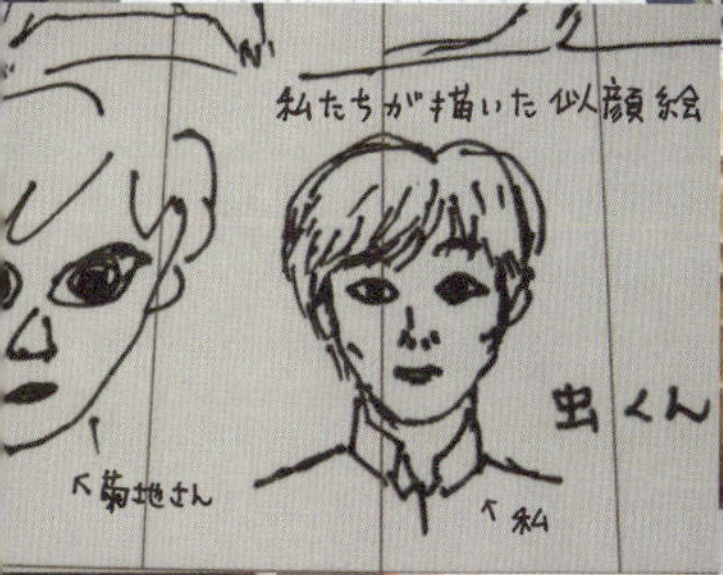

私たちが描いた似顔絵

大きな熊の毛皮と小熊のはくせい

中庭

旅館の部屋から

紅葉がきれい

雨が降りだした

雨があがった

広沢田代湿原

岩場

おにぎり1個食べる

グレイ・赤、オレンジ・黄色

川のような…

静か…

白銀の湯

夕食

顔に見える

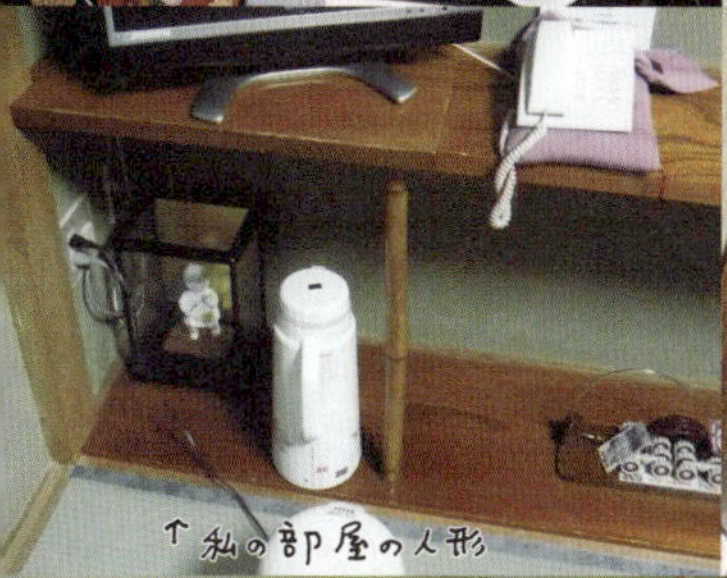
↑私の部屋の人形

夜食のおにぎり　うれしい

菊地さんの部屋の人形

かぼちゃ

丸沼

ボートの上から

菅沼

売店のあたり、紅葉がきれいだった

いも串し　250円

ゆばコロッケ

かわいい

ゆばカツ　3等分

菅沼のまわりの草花

金精峠

湯の湖（まん中の白いの）

光徳牧場　ブナ林

竜頭滝

戦場ヶ原

まりもとどこもかぶってないじゃないかと。

　さて、漬物の試食が30種類ほどあり、菊地さんは食べて、おいしいと言っていた。私はぬれせんべいを食べて、おいしかった。酒バウムクーヘンはホントにお酒の味がした。とにかく試食が大盤振る舞いで、こういうふうにたっぷり試食させてもらうと、ついついサイフの紐もゆるみそう。とはいえ、これから先があるのでまだおみやげは買わない。でもあとで思ったけど、宅配便で送ればよかった。菊地さんと後悔する。新潟の名産品にはこれ以降、出会えなかったので。


　虫くんも到着して、レンタカーを借りて、出発。11時。まずは小出インターの近くの蕎麦屋「そば処　薬師」でお昼。へぎそばと、天ぷらと、とろろ玉子を注文する。へぎそばが大きな木箱にたくさん入ってきて、食べ切れなかった。メニューをみたら3～4人前と書いてあった。もうひとつ小さいのにしてもよかったねと言いあう。

　それからどんどん車で進む。

「ねえねえ、遊覧船にのりたい？」と後ろの席から運転手の虫くんに聞いてみた。

「ああ、いいですね～」とうれしそう。虫くんってなんでもよろこぶから聞いても同じだね、と、菊地さんにそっとつぶやく。

やがて、長い長いトンネルに入った。行けども行けども出口がない。20キロぐらいあっただろうか。あまりにも長いので、恐《こわ》い話などを思い出してそれぞれに語る。

そしてわかったのだが、そのトンネルは奥只見ダムへと向かう奥只見シルバーラインというのだった。奥只見湖に行くつもりはなかったけど、せっかくだからダムの前で記念写真を撮る。ひとつある売店の前に岩魚《いわな》の炭火焼があって、串にさされたばかりの岩魚が、まだピクピク動いていた。それを発見した菊地さんが「銀色さん、銀色さん」と私に教えてくれた。うーむ。

虫くんが来たので、虫くんにも教える。

またトンネルを途中まで戻って、奥只見湖沿いに檜枝岐温泉の方へと進む。たぶんこの道を通る人は少ないと思ったら、案の定、少なかった。細いぐねぐねした山道を進み、気分が悪くなりかける。

時間があるので、ポツポツしゃべりながら行く。虫くんは、どうしても恋愛に興味があるようで、私たちに「どういう人がタイプなんですか？」などと聞いてくる。

私にそういう質問をするなんてね……。新鮮というか、なんというか。

どんな人がタイプか……いろいろ考えたけど、いいのが浮かばない。でも、「緊張するデートとかはしたくない。ドキドキするのがいやだ」とは言った。「私よりも相手の方がたくさん好きなのがいい。そうしたらドキドキしないから」
　虫くんは「でも、ドキドキ半分、うれしさ半分っていうのがいいんですよね～」と、夢を膨らませている様子。菊地さんは「ドキドキはもういいから、リラックスしたいですね」と。虫くんにも好きなタイプをきいてあげた。「つまんない答えですけど、明るくておもしろい人。あと……お化粧の濃くない人」
　菊地さんは、……めがねハゲぶた、だったっけ……、めがねぼうずヒゲ、だったかな、なんかそういう人がいいらしい。
　虫くんが、「自分のことを好きって言う人は嫌です」と言う。
菊「自分のことを好きにならないような人がいいってこと？」
虫「はい。好かれると……嫌いになる。僕なんかのことを好きになるなんて……と」
銀「……そ、それって……小学生レベルじゃない？　小学生か中学生……」
虫「高校生ぐらいにはなりたいです……」
　と、虫くんの恋への憧れは尽きない。
　途中、ひとっこひとりいない曲がり角に「恋ノ岐越《また》え」という立て看板があったので、これ、なんだろうと、降りてみる。何もなかった。特に景色がいいわけでもない。ただの地名かな……。遠くの山が青く、振り返るとススキがきれいだった。

「ここを越えたら、いいことあるかもよ～、恋のことで」と虫くんに言ったら、「でも明日また戻るんですよね」と冷静な反応。

そうだ、明日また同じ道を引き返すんだった。


途中、かなり眠くなりつつ、3時頃、尾瀬の御池ロッジに到着。虫くんもちょっと眠くなったと言っていた。明日は雨という予報なので、いまのうちに1時間ぐらい木道を散歩しようよと言って、私の好きな燧裏林道を歩く。30分ほど歩いて上田代、横田代まで行く。なだらかな斜面に草紅葉《もみじ》が広がり、まわりを林に囲まれている。

ところどころの紅葉がとてもきれい。始まりかけの紅葉もいいなと思う。始まりかけの紅葉って、枯れた木がないから、全体的にきれいというか、フレッシュだ。

人はちらほらいるけど、そう多くもなく、しーんと静かで、空気が澄んでいる。森のいい匂いがする。きれいな景色をくるくる見ていたら、虫くんが、「きれいですね～。こういうきれいな景色を見ると、好きな人と一緒に見たいな～と思います……」としんみりつぶやく。

「だから私は家族に見せたいと思うんですよ」と菊地さん。

「私は……、写真を撮るからかもしれないけど、ひとりで見るのが好き。……ひとりで。……ザリガニ連れてくれば？」と虫くんに言ってみる。

虫くんがザリガニを胸に抱えて、景色を見せる真似をしてる。

「ハハハ。ザリガニもいい迷惑ですよね！」と菊地さん。

そんな美しい散策を終え、また御池ロッジに戻り、檜枝岐温泉へと向かう。


5時に到着。そこは「かぎや旅館」という「日本秘湯を守る会」の宿だった。「日本秘湯を守る会」といえば、しみじみとした、素朴な、すばらしい温泉宿ぞろい。わーい、うれしい。期待してなかったのに幸運だった。小さい宿が多いので、この時期に泊まれるとは。建物はこぢんまりとした、あたたかみのある木造。歩くとギシギシと音がして、夜はちょっと気を遣ったけど。

さっそく檜風呂に入る。湯けむりがたちこめていて情緒があり、とてもあたたまる。いい温泉だった。

夕食は広間でそば料理。つめっこ、はっとう、裁ちそばなど味も素朴でどれもおいしい。床の間に大きな熊の毛皮と小熊の剝製が飾られていた。それがかわいくて何度もチラチラ見る。お客さんは全部で15～20人ぐらいで、ひとりの人もいた。山登りかなと思う。年齢層は高かった。

「ホタルイカ漁を見たいなって、前から思ってたんだけど……」とポツリと言ったら、俄然、虫くんが行きたい行きたいと言う。ホタルイカって確か4月頃だったか。夜中に船で出るんだよね。青白い光ってどんななんだろう。きれいで不思議かな。神秘的かな。眠くてつらいのかな。寒いのかな。

部屋に帰って、「新潟チップス」を食べ、3人でおしゃべりしながら飲む。テーブルの上に旅の思い出ノートがあり、ぱらぱらと見る。そこにさっき見た熊の絵を描く。はりつけのやつと……、木につかまってる小熊の剝製……。

私が『銀色夏生の視点』という本の中に描いたパピくんという編集者の似顔絵が、すごく似ていたと、菊地さんに褒められる。そういえばパピくんを知っている他の人（角川書店のツツミさん）からも、似ていると言われたんだった。たまたま仕事の打ち合わせの席であの本を持っていて、パピくんの話が出たので、そういえばと、あの似顔絵を見せたらウケてたって。それでいい気分になり、虫くんに「似顔絵描いてあげようか」と言ったら、うれしそうにこっちを向いた。さっきの思い出ノートに私と菊地さんで虫くんの似顔絵を描いた。菊地さんの虫くんもなかなか特徴をとらえている。で、もっと大きく描こうと思い、持参したノートを広げる。

「こっち見ててよ」

「はい」

無心な目でこっちを見てる。さらさらと描いていく。菊地さんが「銀色さんの方を見ててね、こっち見ないで」って言ってるのに、菊地さんが虫くんに話しかけるたびに反射的に菊地さんの方をパッと見てしまい、「ほら」と私からも菊地さんからも怒られていた。それを10回ぐらい繰り返すものだから、私の頭に「忠犬」という文字が浮かぶ。

「恋人募集中って、書いとくね」

「お願いします」

わりとよく描けたので次は、「私ね、写真も上手なんだよ。カッコよく撮ってあげるから、撮ってあげる」と言って、小さなデジカメをとりだす。「はい」と虫くんも言われるままに姿勢を正している。菊地さんはぐいぐい日本酒を飲みながら、アハハハと笑ってる。いろいろな角度から撮ってひとしきり遊んで、明日もハードなので休んでもらおうと虫くんを部屋に帰し、私と菊地さんはそのあともしばらくしゃべる。

銀「あの熊のはりつけの前で記念写真とってほしいなあ」

菊「いいですね！」

銀「あの熊のはりつけと小熊のあいだに私がちょこんと座るから、明日の朝、撮ってくれる？」
菊「はい、ぜひ撮りましょう！」
銀「でも、朝食は広間じゃなくて食堂って言ってたよね」
菊「大丈夫ですよ。あの夕食の時の感じからすると、入って撮らせてもらってもいいと思いますよ。ささっと」
銀「そうだよね」
そのあともう一度温泉に入って、11時に就寝。明日は雨の中、山に登るので、頑張ろう。
次の日。6時半に起きて、朝風呂に入る。7時半に朝食のため、カメラを手に持つ。
銀「熊の写真を撮らないとね」
菊「なんですか？」
銀「広間で一緒に」
菊「朝はあそこじゃないですよ」
銀「熊と一緒にって……」
菊「閉まってますよ」

銀「写真のこと、きのう話したじゃん。覚えてないの？」
菊「？」
　菊地さん、完全に覚えてない。そこへ虫くんが眠そうな目をしてぼーっとやってきた。
「あのね、菊地さんたら、昨日の夜、熊の写真を撮ろうって話したのに全然覚えてないんだよ」と訴えたけど、虫くんはそういうとこ知ってるのか、眠かったのか、反応が薄い。私は、ぽかんとしつつも、菊地さんのあのアハハ笑い……、あれがでたら酔ってるんだなとインプットする。まあ、いいか。熊の写真は撮ったんだし。朝食をぼんやりといただく。虫くんは、「実はなによりも眠るのがいちばん好きなんです」と言いながら、眠そうにしている。
銀「菊地さん、あんなに覚えてないんだったら、お酒で失敗したことはないの？」
菊「失敗って？」
銀「後悔するようなこと」
菊「……（しばらく考えて）ないですね」と、きっぱり。
　さて、昨夜は雨が降っていたけど、朝になったらあがっていた。これなら濡れずにすむかも。いそいそと登山の支度をする。今日は頑張って、険しいという燧ケ岳の斜面を登る予定。最初はそこに登る予定じゃなかったけど、もうきのう燧裏林道はちょっと見たので、今日は山に挑戦。途中までだけど。

9時に昨日の御池ロッジから登山開始。

下は私は赤いゴアテックス、菊地さんは黄色。でも雨が降るかもしれないから。

しばらく進むと雨がやはり降りだしてきて、下を見ながら黙々と進む。いきなり大きな石や岩の急斜面、しかも雨が川のように流れてきて、沢登りのようだ。

苦しい。

同じような斜面がずっと続く。みんな黙って登っている。

苦しい。

他に人はいない。

苦しい。

ブーブー文句を言いたいけど、あまりにみんなが黙々と登るので、私も必死で登る。途中ちょっと菊地さんに疲れたとぼやいたら、虫くんが心配そうな顔をしたので、ハッとして、やめた。

1時間ぐらい、その岩と水の斜面を登ったら、やっと広く平らなところに出た。広沢田代という湿原。うれしい。きれい。

雨もあがり、霧も晴れてきて、だんだんまわりも見えてきた。向こうから人が数名やってきた。燧ヶ岳から下りてきた人だ。

ここで休憩して引き返すことにする。ここも静かな天上の別天地という趣き。すがすがしい。透明。

木道の上で写真を撮りあいっこした。

銀「じゃあ、菊地さんと虫くんも」

虫「虫くんはやめてください」

あ、「虫くん」は私と菊地さんのあいだでのあだ名だった。ついうっかり。

池や木や地面の葉っぱの写真を撮ってから、木道に腰かけて、おにぎりを1個食べる。虫くんがお湯を沸かしてお茶を淹れてくれた。標高が高いので沸点が低く、お湯も高温にはならない。虫くん、以前、登山でシャンペンを持ってあがって頂上でみんなで乾杯したとか。自分はお酒はあまり飲めないけどみんなのためにと。酔狂な人だ。

さあ、これから下山して、また移動。

11時すぎ、下山開始。岩の斜面をよいしょよいしょと下る。足元の落ち葉やまわりのシダ類がすごくきれい。黄緑色のシダが一面に茂ってるようなところが好きだった。

12時に御池ロッジに着いて、12時半に出発する。温泉に入りたいねと言いながら、また長いドライブ。

「昨日、好きなタイプを聞かれてうまく答えられなかったけど、じっくり考えてたら思いついた。私の好きな人は、より偏見のない人。柔軟な考えの人。こだわりや思い込みの少ない人」と言う。


くねくね道で、気持ち悪くなりそう。ここで菊地さんがカエルが嫌いという話をし始めた。それらのエピソードは聞けば聞くほど気持ち悪く、本人も話すうちにだんだん気分が悪くなってきたようで、重苦しいムードになり、黙り込んで進む。

1時間半後、銀山平《ぎんざんだいら》温泉の立ち寄り湯「白銀《しろがね》の湯」に到着。ここでゆっくりと露天風呂などに入り、ひと息つく。人もほとんどいなくて静か。露天風呂の岩が顔みたいに見えた。生き返る。

それから関越自動車道にのって、一気に沼田まで。途中、関越トンネルを越えたら、天気が変わっていた。今までずっと霧と曇りだったのが、さーっと晴れて青空も見える。山の向こうとこっちのあまりの変化にちょっと驚く。さわやかで、夢から覚めたよう。今まで、どこに行ってたんだろうというような、まったく違う世界だ。さっきまでの日本海側のどんよりとした空気をかえって懐かしく思うほどの、まばゆいばかりの明るさだった。

高速を下りて、ずんずん進んで5時に老神温泉の旅館に着いた。今日は一人ひとつの部屋だ。左端が私、そして菊地さん、虫くん。

夕食は虫くんの部屋で。その6時15分まで自由時間。

私はさっそくお風呂に入る。バラの花を浮かべたお風呂だった。いい匂い。

この温泉旅館は、中ぐらいの大きさで、建物は古い。売店やロビーも年季が入ってる。お風呂あがりにロビーに置いてあった麦茶を飲みながら新聞を読み、のんびりしてから部屋に帰る。6時15分になったので、虫くんの部屋に行く。菊地さんはどこだろう。ふたりの話し声もしないし、ノックするのも気を遣う……私はよく知らない人の部屋をノックするのが苦手だ。しばらく迷って、そうだ電話しようと、もう一度部屋に帰り、菊地さんの部屋に電話をかける。だれも出なかった。虫くんの部屋に電話したら、ふたりともいて「準備できてますよ～」と言われたので、すぐに走って行く。よかった。

畳の上にお膳の夕食。見た目は昨日のところよりも派手だけど、味は昨日のところの方がよかったと思う。

楽しくおしゃべりしながら、食べる。でもたぶんみんな疲労しているはず。しばらくしたら、「失礼します」と襖《ふすま》が開いて、おかみが挨拶にきた。そのおかみの顔にびっくり。絵に描いたような笑顔がぴっちりと顔に貼りついている。職人芸のようなその貼りつきに目が離せない。お面みたいだ。襖がしまって、去っていくまで、私はずっと見ていた。虫くんも驚いたようで、なんて言ったか忘れたけど、その笑顔の感想を言っていた。

ごはんのあと、またしばらくだらだらしゃべってて、今日、何かの話から、虫くんがマジックが得意だということがわかったので、マジックを見せてもらうことにした。で、コインのマジックを見せてくれた。菊地さんが「ええ～っ！　ええ～っ！」と本気でびっくりしている。でも虫くんは「中学の時に一時、凝ってたことがあるんですけど、マジックが得意だということはあまり公言したくないんです」と言う。それを聞いて菊地さんが、「そうだね。もし私が中学生だったら、趣味がマジックってちょっと嫌かも」なんて言ってた。私もコクリとうなずく。でも、虫くんのマジックにいちいち驚く菊地さんだった。

あれ？　なんか、思ったけど、「この部屋、私の部屋より大きい……」明るさも違う気がする。

「そうなんですか？」と菊地さんが不思議そうにしている。虫くんが旅館の見取り図を広げて見てみた。すると、私の部屋は6畳、菊地さんと虫くんの部屋は8畳だった。
銀「そういえば、部屋の内装もなんか違う……。こっちの方がきれいで立派だ。明るいし」
虫「この人形もそれぞれ飾ってあるんですかね」とケース入り五月人形を指す。
銀「全体的に違うんだよ、なんか」
菊「じゃあ人形も違うんですかね」
銀「見に行く？」
ふたり「うん」と言って、みんなで行く。
私の部屋は小さく、明るさも暗く、その暗くて地味な部屋の真ん中にたたずみ、ふたりとも居心地悪そうにきょろきょろ見ている。人形がない……。
銀「ああっ、人形、あった！」
コンセントの奥の薄暗いすみっこに小さいのが押し込まれていた。虫くんの部屋の人形は大きな銀ピカのカブト。菊地さんのは、大きな鯉を釣り上げてる男の子。それらが床の間にバーンと置かれていたのに。
もう、何もすることも言うこともなくなり、廊下まで出て、「おやすみなさい」と別れる。
菊「じゃあ、明日の朝7時半に、虫くんの部屋で」
虫「虫くんはやめてください」

そしてふたりはそれぞれの明るくピカピカした大きな部屋へ意気揚々と帰って行った。私は薄暗い地味な部屋へそろそろと後ずさる。

明るくて大きな部屋のふたりの隣の、小さくて暗い部屋で就寝。

3日目。

小さくて暗い部屋で起床。小さくて暗い部屋にも朝は同じ時間に来たのでよかった。天気もまあいい。朝風呂に入って、朝食を食べに虫くんの部屋へ行く。朝が苦手な虫くんはまたぼーっとしている。

準備をしてからロビーに集合。トレッキングシューズを履きながら、「長い旅も今日で終わるかと思うと、なんか悲しいね」と隣の虫くんにわざと言ったら、「そうですね……」としんみりしている。おセンチな虫くんだ。

車に乗り込んで、後ろの座席から、「でも人生の旅はずっと続くんだからさ」と言ったら、「なにきれいにしめようとしてるんですか！」と笑ってる。別にきれいにしめるつもりはないけど。

そこから今日は、金精峠《こんせい》を越えて戦場ヶ原と日光へ。その前に丸沼と菅沼へ行きたい。

虫「この道、ロマンチック街道っていうんですね……」

ロマンチックという言葉が虫くんの心をゆさぶる。

人のいない売店がたくさんあって、どの店にも赤い実がぶらさがっていてきれいだった。この実はなんだろう。道端に咲く花もきれい。

道の脇に時々、釣堀とか渓流釣りの看板が立っている。それを見かけるたびに菊地さんが「釣り、していいよ～」と何回も虫くんに後ろから声をかけている。虫くんは無言。私は最初、意味がわからず、本当に釣りするのかな？　礼儀正しい虫くんが返事しないっていうのも変だな？　と思ってたら、わざとそう言って釣り好きの虫くんをいじめているんだと菊地さんが言ったので、そうか、と納得。

中学の頃、熱帯魚に夢中だったという虫くんは、かけ合わせて白い色のを作ったりしていて、そのために勉強したので遺伝だけはすごくできたという話など聞く。

丸沼に到着。なんてきれいなんだろう。しーんと静かで、透明な空気。かなしくなるほどきれい。人も少ない。魚釣りのボートがいくつかでているぐらい。

丸沼って、昔に来て、すごくきれいだったような記憶があって、やっぱり、と思う。

ボートに乗りたいねと言ったら、水関係が嫌いな菊地さんは乗りたくないと言う。けど、私と虫くんは乗りたいので、乗ることにした。ぐんぐん漕いでくれる虫くん。私もちょっと漕いだけどうまく進まず、菊地さんが漕いだらすごく上手で、俄然調子がでてきたようだった。私はボートから池のほとりの紅葉の写真を撮った。

ボートから降りて、売店をのぞき、売店の前のきのこ汁を飲む。その売店のおじさんが、ちょっと話したら、すごくいい人だった。なんというか……、ちょっと遠慮しつつ、丁寧にいろいろな質問に答えてくれた。ボートを借りに行った時のホテルの人もいい人だったそう。人がいないから何時間でも乗っていていいよと言ってくれたとか。

「この丸沼の人はみんないい人だね。上の人がいいのかも」

あたたかい気持ちになって、次の菅沼へ。


次の菅沼は、沼のほとりに行くのに入場料が必要だった。私は、ふたりよりも遅れて、まわりの草花の写真を撮りながらゆっくりと進む。

沼は、きれいだったけど、さっきのところと比べるとちょっと荒涼としている。でもさびしくていい感じ。私が写真を撮ってるあいだ、ふたりは私の邪魔をしないように沼のほとりで静かに景色を眺めていた。

とことこと歩いて引き返す。売店の上の紅葉もきれい。ここでゆばコロッケとゆばカツを味見する。ゆばって、それ自体はそれほど味がない。

おだんごと岩魚の炭火焼のところに行って写真を撮っていたら、どこか遠くからひとりで来た男性が店の人としゃべっていて、その話がおもしろかったので、私はおだんごの写真を撮りながら聞こえるにまかせて聞いていた。その男性はすごくしゃべり好きで、最初は遠慮しながら店の人の様子をみるように話しかけていたけど、糸口をつかんだら、あふれるようにしゃべり始めた。この場所が好きみたいだった。旅好きな人だった。


それから金精峠を通って戦場ヶ原へ向かう。

好きな食べ物の話になり、虫くんは何が好きなの？　と聞くと、「寿司とイタリアンだったら、毎日でもいいです」と言う。「あ、じゃあ、私が最近よく行くお寿司屋さんに連れて行ってあげようか」と言ったらうれしそうだった。菊地さんはお寿司屋は苦手なのだそう。どんどん次々と出てくるのが嫌なんだって。

金精峠のトンネルを越えたところにある展望台で降りて、写真を撮る。紅葉がきれい。他にも何人かの人が記念写真を撮っていた。見上げると山の紅葉、眼下には湯元温泉と湯の湖、その向こうに戦場ヶ原が広がっている。

次に光徳《こうとく》牧場に行く。ブナの黄葉がきれいで、その中を子どもたちが列を作って歩いていた。ブナの林を歩きながら、また虫くんがどんぐりを消すマジックを見せてくれた。菊地さんがまたまた「ええーっ！」と驚いている。そして「私の驚きは普通じゃないから、これでみんなにウケると思って、女の子に見せない方がいいよ」などとさかんに注意している。虫くんが私にも見せてくれたので、私は「こっちの手に隠してるんでしょ」と言う。

ふたりはソフトクリームを食べたいと言って、食べに行った。私は隣のみやげ物売り場の前に咲いてる花を見たり、写真を撮ったり、おみやげ物をチェックする。

それから小田代ヶ原に行こうとしたら道が通行止めになっていた。


道沿いの竜頭滝《りゅうずのたき》を見る。紅葉がきれいだった。人がたくさん写真を撮っている。引き返して赤沼から戦場ヶ原の自然研究路を歩こうと思ったら、小学生の遠足が何十メートルも続いていて途切れないので、これと一緒に歩くのはいやだなと思い、もっと引き返して三本松の展望台から短く戦場ヶ原を観賞する。短い木道があったので散策。そこで虫くんが小さな赤いきのこみたいなのを見つけて、かわいかったので写真を撮る。ここの木々がとても好きだった。細かくてチラチラしてて繊細で。記念写真を撮ったり、まわりの観光客を眺める。

それからいろは坂を下って、日光東照宮へ。その前にゆば料理を食べようとしてお店に向かったら、私の下調べのミスで、思ったお店では食事はやってなく（本店とか支店とかあって、そこはおみやげしかない店だった）、適当にその辺のゆば料理のお店に入る。そしたらそこは、ゆば定食2種類しかメニューになくて、ゆばを食べたくなかった菊地さんもしょうがなくゆば定食を食べることになってしまった。かなり青ざめた白い顔で無理矢理に食べていたのが印象的。でも最後のプリンだったか、デザートはおいしかったようで、これはおいしいですと言って、やっと顔色が戻っていた。

それから東照宮へ。最初に流れるままに変な大仏のいる建物に入ってしまい、そこで長々と説明を聞くはめに陥り、ぐったりする。だって先にトトトッと進もうとしたら、最後だから聞いていってください！　と説明のお坊さんが厳しく言うから逃れられず。で、お坊さんのスピードで一緒に進む。干支別に仏様が並んでいて、自分の干支のを拝めと言われ、私はねずみ、菊地さんと虫くんは馬の前で、なんか拝んでた。その建物の説明がやっと済んで、あとは自由に見学する。「見ざる言わざる聞かざる」を見て、その隣の母子ざるや崖っぷちのさるというのも見る。崖っぷちのさるの説明には、「崖っぷちに立たされた猿。しっかりと足元を見つめる。」と書いてあった。母子ざるの子ざるの首のかたむけ方がかわいい。子どもってこういう感じだったなと思い出す。

絢爛豪華な門のところでは外国人観光客がさかんに記念写真を撮っていた。きれいだと思うのだろうか。私は写真を撮りながらゆっくりと進むので、先に行く菊地さんと、ちょっと遅れてる私との間で、虫くんがどちらにも気を遣って、ゆっくりと進んだり振り返ったりしているのが見えた。写真を撮る時はひとりがいいので、大丈夫。かえってそばで気を遣われると邪魔だし。

次の眠り猫は別料金だというので、どうする？　と考えて、見るのはやめる。その隣の、靴を脱いであがるところも面倒なのでやめる。次に鳴龍のところに来たら、菊地さんが威勢よく「私、これ、見てきます！」と言うので、私たちも見るために靴を脱ぐ。天井の龍からは、本当に鈴のような音がした。

それから参道を引き返す。うっそうとした大きな大きな木。静かで、薄暗く、しーんとしていた。参道ってどこのも結構いいよね～、って思う。

「私は参道がいちばん好きかも」と言ったら、「その意見に賛同します」と虫くん。おだやかに聞き流す。

東武日光の駅でレンタカーを返して、おみやげ屋さんをぶらぶらして東武鉄道で帰る。この電車限定の野菜スイーツを車内販売で売りに来るというアナウンスがあったので、それを買って、あたたかいお茶と共に食べる。外は暗くなり、電車はゴトゴト。疲れた。虫くんは、「子どもの頃旅行に行った帰りにいつもいとことトランプをしながら帰ったのを思い出します」としんみりつぶやいていたかと思うまもなく、すぐに寝ていた。

浅草に着いて地下鉄に乗り換える時に、これから会社へ行くというふたりがパスモかなんかでさっと改札をくぐって行った時、私は切符を買わなくてはいけなくて、お疲れ様も言えずに、人波のこっちから遠くのふたりに手だけ振って別れた。

あれれ、なんか、きゃ～、ここで挨拶もできずにお別れなのね……。

次の日、菊地さんから元気なメールが届く。私は次の日は1日ぐったりしていた。聞けば虫くんは半日ぐったりしていたらしい（それを彼らしい表現で「今朝起きたら頭がぼんやりしていて、ゆっくり会社に来てしまいました。水槽の急な水換えをすると、熱帯魚がショックを起こして、動きが鈍くなってしまうことがあるのですが、その気持ちがよーく分かりました。」とメールに書いていた）。虫くんはずっと長い距離を運転もしてくれたので、その疲れもあったのだろう。

虫くんをねぎらうために、好きだというお寿司をご馳走する約束をしていたので、そのメールのやり取りの中、「あ、ザリガニちゃん夫妻が色気づいてきたようです。二世ができると良いのですが……。秋は恋の季節ですよねー。僕のところには、気配もありませんが。」と。そういえばザリガニ二世の誕生が夢だと言ってたっけ。よかったね。

秋は恋の季節なのだろうか？

きれいな赤い色のカエルの画像も添付してくれた。


その後、虫くんのザリガニが卵を産んだそうで、「無事に孵化するかは分からないのですが、母ザリガニがエサも食べずに酸素を卵に送ろうとする姿は、泣きたくなるほど感動的です。子どもが生まれましたら、何匹かいかがですか（笑）？？」。

ありがとう。結構です。

添付されてた写真のザリガニと卵、「どちらもすっごく白いね……」とメールしたら、「父ザリガニが真っ赤なので、どんな子になるのか楽しみですが、とにかく白いです……。明日いろいろお話しさせて下さいませ～」。

寿司屋でザリガニの話をたっぷり聞かされそうだ。断固、阻止するつもり。いや、３分ぐらいは聞いてあげたい。でも卵のあの白さ、もうすでに死んでるんじゃないか？

どうか明日までは死にませんように（明日会うので）。

……お寿司を食べてきました。……ザリガニを飼うことになりました。２匹。

どうですか？　と聞かれた時、ふと、さく（子ども）が喜ぶかなと思って（家に帰って話したら、やったー！　と大喜び）。

いろいろ話をして、今度仕事で、可能なかぎり大きなキャンプファイヤーを作るんですとうれしそうだった。自然の中では山が好きで、魚が住んでるような池が好きなんですと言うので、弟を思い出した。私の弟も釣りや自然が大好きで、宮崎の山の中に御池という池があって、そこまでけっこう遠いのに片道２時間ぐらいかけて中学生の頃から釣りに出かけていた。その御池の匂いがすべての基準になっていて、いろんなところに出かけても、この匂いは御池の匂いになになにを足した匂いだ、なんて言っている。

今日はケイジが入ってますと板さんが言って、ケイジのルイベが出てきたのだが、それがすごくおいしかった。北海道で菊地さんと食べた時は、「うん？　これのどこが」と思ったけど、このおいしさだったのか。とろっとしてて、さっぱり。

ホタルイカの話になり、

虫「ホタルイカ、見に行きましょうよ！」

銀「う〜ん……」
虫「なに、引きぎみなんですか？」
銀「だって、疲れたから。当分旅行はいいよ」
虫「じゃあ、春までに気分が盛り上がればいいんですよね」
銀「う〜ん」
虫「さっきのケイジの証明書に釧路って書いてありましたよ。釧路に縁があるんですよ」
銀「菊地さん、カヌー、嫌いだって……」
虫「ホタルイカ、絶対いいですよ」
銀「それはいいとは思うけど……、別に仕事じゃなくたって、それ、プライベートで行けばいいじゃん」
虫「じゃあ、一緒に行きましょうよ！」
　なんでお前と!!
　……でも、こういう無邪気さって大事かもしれない。見習いたい。
　それからまた虫くんの恋愛への憧れ話になって、素敵な恋人がいたらいいなあなんて言うので、うーん、なんか、この人のこういうこと言う時の言葉って、その他の生き物や自然のことを話す時の姿勢とちょっと違うんだよなあ……。なんだろう。そう言うことが自分にとって気持ちいいだけなんじゃないか？　生き物の話の時は、落ち着いてて芯があるのに、芯がないっていうか、急にうつろっていうか……。本人の生きる姿勢とズレてる。
銀「ズレてる……」
虫「ズレてる？」
銀「本当にそう思ってるの？」
虫「思ってません」
銀「だったらそういうこと言わない方がいいよ。出会う時には出会うんだから」
虫「わかりました」
銀「私ね、最初は人間っぽくないなんて言ったけど、今はすごく人間っぽいって思うよ。すごくナイーブな」
いろいろ楽しい夜だった。
お礼のメールがきて、ホタルイカのきれいに青く光った画像が添付されてた。
だから、自分で行けって。

と、ここまで原稿を書き終え、私は実は不安だった。こんなふうに書かれて、虫くんは嫌がらないだろうか。菊地さんは私のことをわかってるとしても、虫くんは知らない。で、原稿を送ったあと、緊張しながら感想を待っていたら、菊地さんから感想が来た。

「面白かったです！　一気読み。銀色さんならではの冷静な観察眼と考察力で、旅の楽しさが読者にも伝わったと思います。旅のエッセイって、見たもの食べたものより、同行者とのやり取りが何よりもその旅の感じを伝えるんだな、と思いました。見たものは、写真が雄弁に語りますし。写真と一緒になったら、また印象も違うでしょうね。虫くんに読んでもらいます。ザリガニ……さくくんが、喜んでくれたなら、よかったです。いらなくなったらいつでも親元へ！」

　そして虫くんから感想が。

「こんにちは。菊地が、『面白いよ！』と言って原稿を転送してくれました。早速、会社の近くの喫茶店で拝読しましたが、バナナミルクを吹き出しそうになること数回、隣の人の怪《け》訝《げん》な視線を浴びながらなんとか読了しました。『虫くん』は他の人みたいに感じながら読んでしまいましたが、めちゃくちゃ面白かったです!!

楽しい2泊3日が甦って来ました。

きのう、銀色さんが、『会話で印象に残っているのは数千分の一くらい』とおっしゃっていたのを、酔っ払いながらも深く頷《うなず》きながら聞いていたのですが、『銀色夏生の視点』を堪能させていただきました。この洞察力は感動を通り越して恐いくらいです。

どこにインプットされているんでしょうか。

読んだあと、少し体温が上がりました。

でも、あんなに楽しく書いて頂けたら、虫くんは気恥ずかしさを感じつつも大喜びだと思います。

って、自分のことでしたね。。ありがとうございました！

また旅行に行きたくなったなあ。

それから、個人的には銀色さんの弟さんがすごく気になりました。御池の匂いがすべての基準になっているって、羨ましいくらいです。そういう根っこを持っている方は、とても魅力的だなと思います。

それからそれからザリガニ、親も卵も生きてますから！

今朝、母ザリガニに銀色さんのことを報告してから家を出ました。

父ザリガニは、卵のことなど忘れたように、寝てばっかりです。

さくくんに、くれぐれも宜しくお伝え下さいませ。」

「よかった～。大丈夫だね！　ホッとしました。一里塚を越えた気分です。これからもどんどん越えていけるかもね。」

「一里塚、越えまくって下さい！」

あのお～、越えるのは、私じゃなく、あなたですよ……。

そう……会話で印象に残ってるのは数千分の一というのは、実際に話したことはもっともっとあって、その中で私が印象に残ったものをある見方でとらえたものだけが原稿になるのだから、実はどんなふうにも書けるというか、意図的にたとえば静かにとか、寂しくとか、楽しくとか、強くとか書こうと思えば書ける。虫くんのことだって違うふうにも書ける。そういうことをわかってくれる人でないと、困るので、だから、よかったです。いろいろありがとう。自分の気持ちを率直に言ってくれるので、やりやすかったです。

ホタルイカ漁見学

２０１２年４月16日（月）

尾瀬から３年半。

ホタルイカ漁を見たい見たいと思っていて、今回、ついに行くことになった。

メンバーは、また私と菊地さんと虫くん。本当は今回は車の運転がないので虫くんは必要ないのだけど、前回からの流れもあるし、荷物も持ってくれるし、虫くんは何を書いても大丈夫ということなので。それに、「つれづれ21」を読んで、こんなメールをくれたから。

「銀色夏生さま

こんにちは。春ですね。

メダカが餌を食べるようになってきました。

睡蓮も植え替えまして、新芽がどんどん出てきています。

メールを差し上げようと思いつつも遅くなってしまったのですが、『しゅるーんとした花影』、読ませて頂きました。

今回強く感じたのは、銀色さんが同じ時代に生きている、ということの嬉しさでした。

ああ、自分が細かなことに喜んだり挫《くじ》けたりしている瞬間にも、銀色さんは確かに存在しているんだな、ということを考えながら読み進めている自分がいたのです。

最近、銀色さんと直《じか》に会っていなくても、その距離をあまり感じていなかったのですが（逆に、会っていても遠くに感じる人っていますよね）、作品と、その根底にあるもので、しっかり繋《つな》がっているというのを実感できたと言いますか、自分の中に銀色さんがいるということが、分かってきたような気がするのです。

（あ、でも、たまには生銀色さんとお話ししたいときがありますよ。）


銀色さんの私的スピリチュアルの基本3点のところでは、まさにそれを強く感じさせられました。
1、人は肉体が死んでも、魂は永遠に生きる。
2、自分がした事は自分に返って来る。
というところは、すとんと腑《ふ》に落ちて、これを読んだ時、涙が出そうなくらいに嬉しかったです。

日光国立公園
戦場ヶ原
SENJOGAHARA MOOR
三本松の展望台

ゆば刺し

キセキレイ
（セキレイ科）
水辺を活発に歩き、
昆虫やクモ類をエサ
にする。
L20cm

母子ざる

見ざる言わざる聞かざる

⑤崖っぷちに立たされた猿。
しっかりと足元を見つめる。

崖っぷちのさる

ごちゃごちゃした門

日光東照宮

参道

こわい

山々は白い雪景色

かまめし

だれもいない

魚津駅

ホタルイカミュージアムの前の海

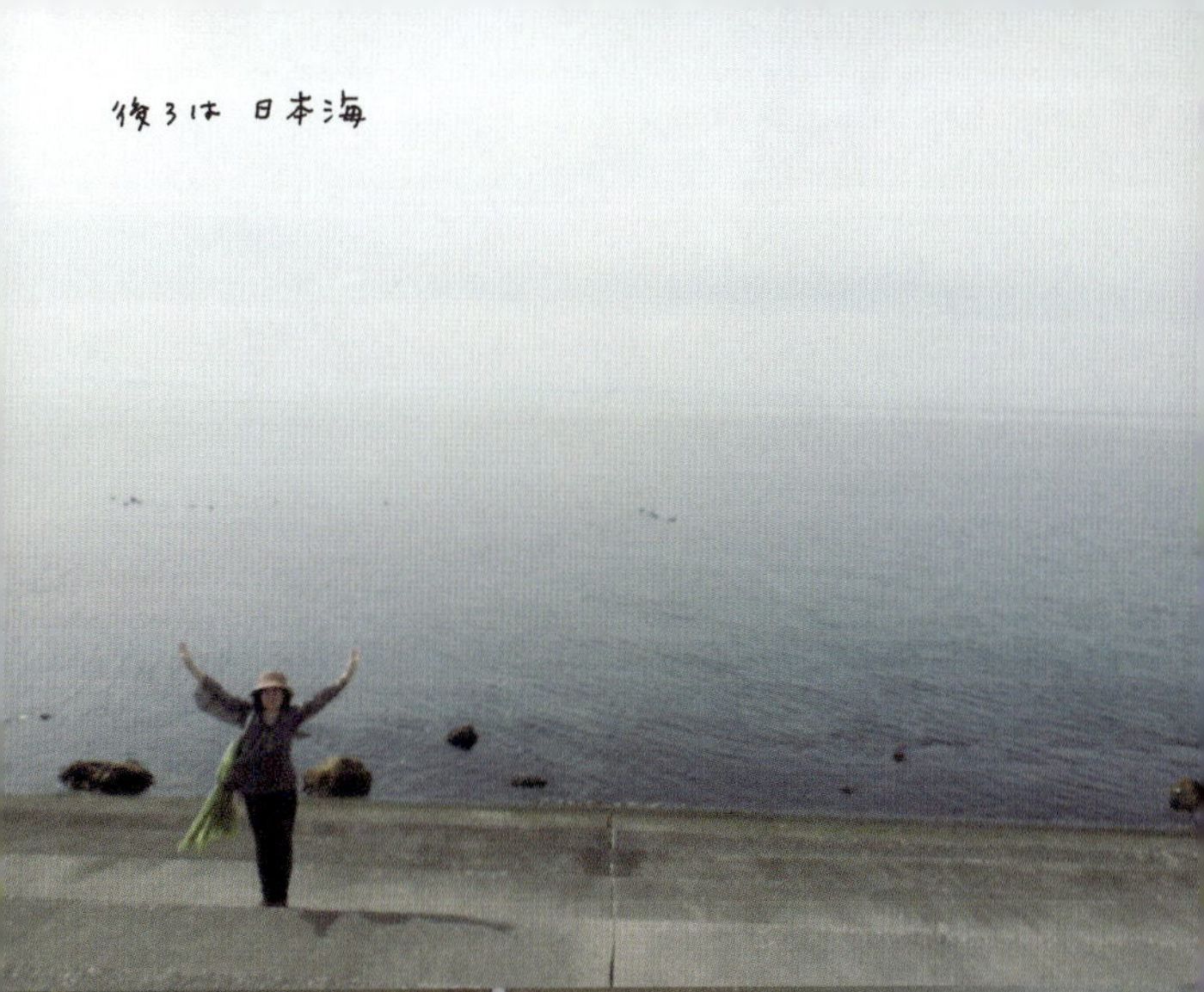

後ろは 日本海

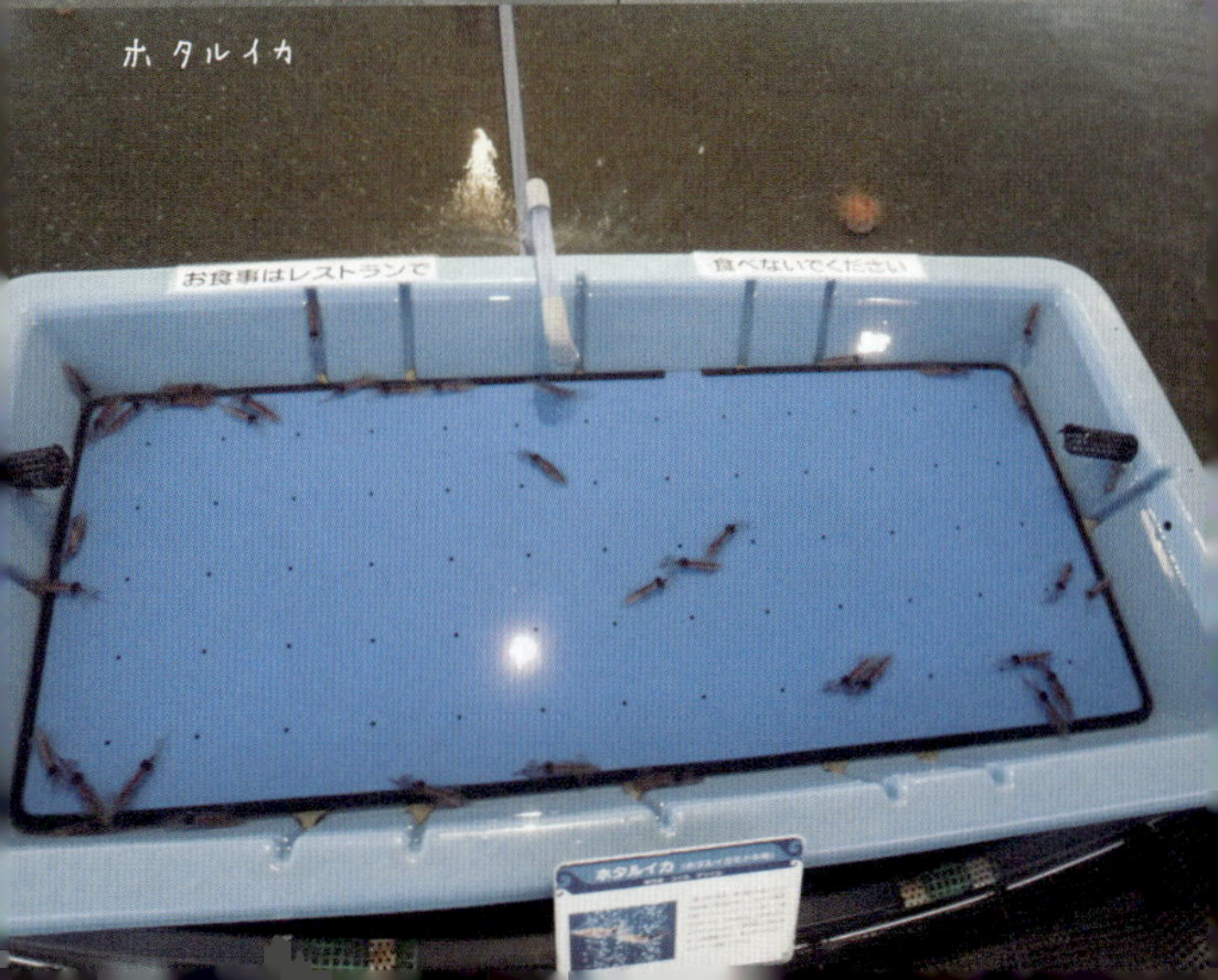
お食事はレストランで
食べないでください
ホタルイカ

ホタルイカ

「深海不思議の泉」

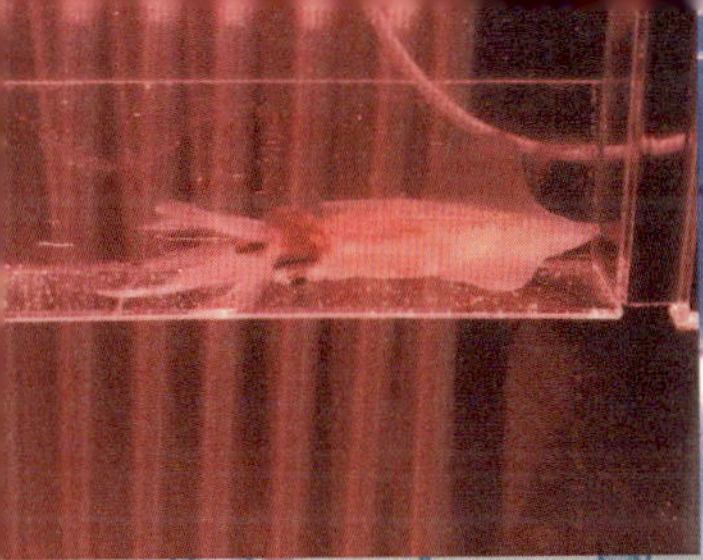

ホタルイカがいろいろな水そうに

なかよし〜
みんなで
遊びにきてね!
zzzz....
A●Bがなに!
わたしたちの
ほうが多いわよ!
わたしたちが
イチバン
光ってるわ!

歩道のタイルも

ホタルイカミュージアム

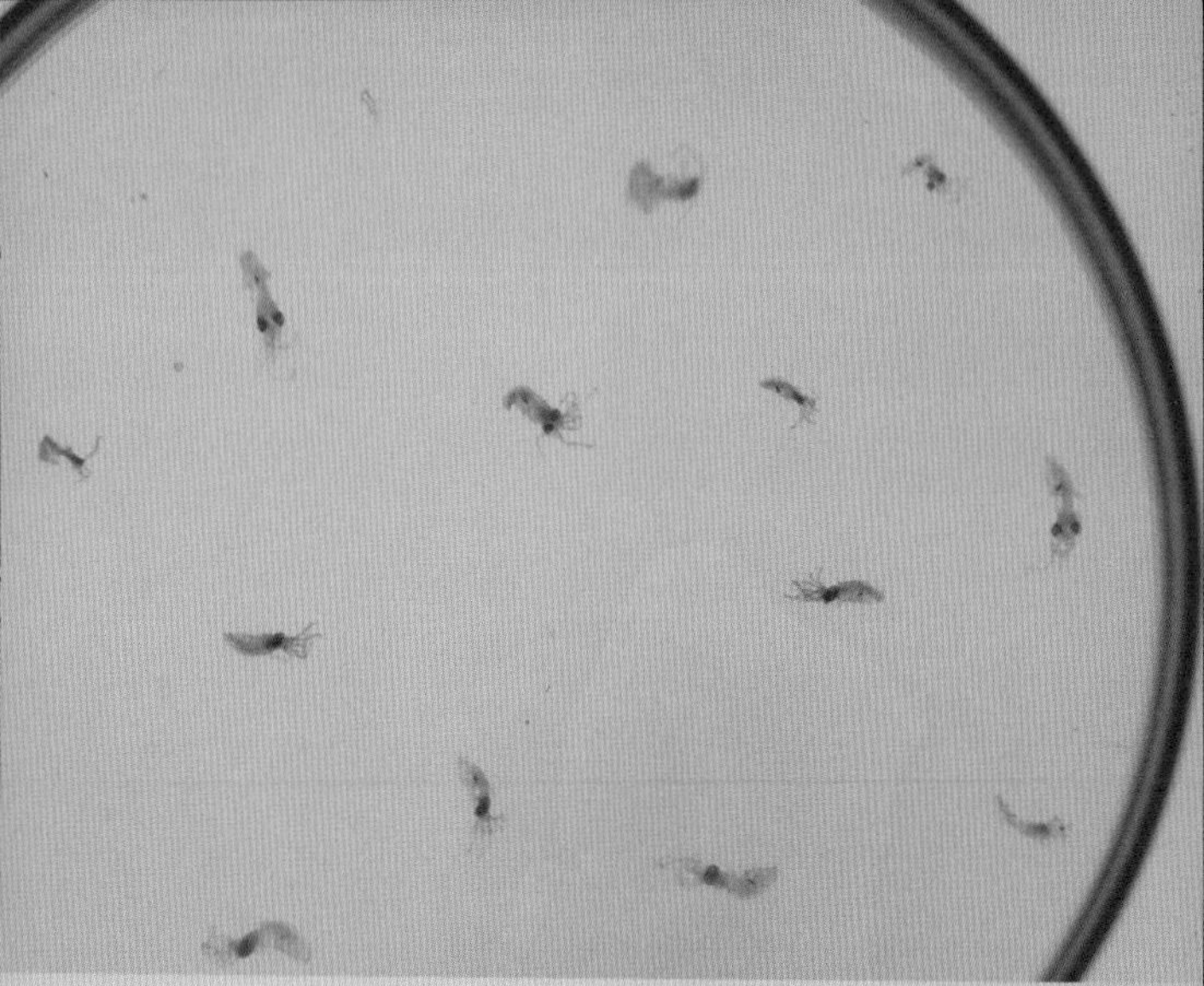

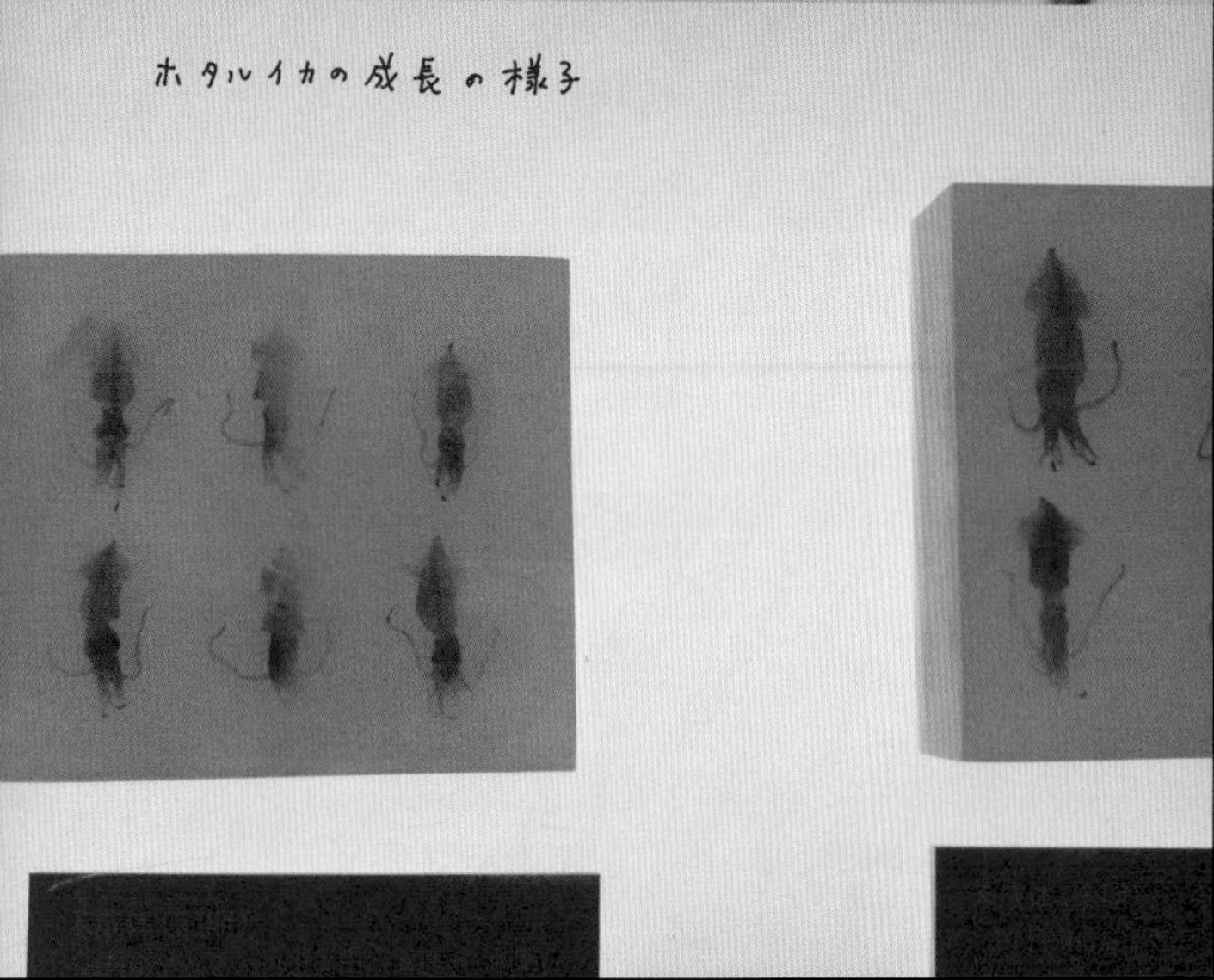
ホタルイカの成長の様子

展望風呂から 縞模様の海面

水が緑色の大きな水そう

赤なまこ

お刺身

ホタルイカ

電飾の看板

魚船が近づいてきます. 鳥もたくさん

最後まで網ですくいます

夜明けの魚港

スーパーのホタルイカ

おそば屋さんで最後のホタルイカを

次の日は雨

3、すべてが一つ。
については、まだぼくは分かりかけなのですが、きっと遠くないうちに、それをきちんと理解できる瞬間が来るのだろうと思っています。

銀色さんの言葉って、その時ぼんやりしていても、ずっとひっかかっていて、後になって急にクリアになる瞬間があるんです。


いま、ぼくが仕事をする上で、そして生きる上ですごく大切にしているのが、

『本当に自分がそう思っているのかをよく考えて言葉にする』

という言葉なのですが、これも、ずいぶん前に銀色さんが言って下さった言葉でして、いまになって、その真意が摑《つか》めてきたように感じています。（当時も、分かったつもりではいたのですが。）

でも、これも、上のスピリチュアル3点に通ずるところがありますよね。

虫くんのことは、自分とは別の存在だと思って読んでいますが、銀色さんが虫くんについて『良い』と思って下さることがあるとしたら、すごく大きな部分において、彼が銀色さんから学んで、彼なりに消化したことだと思っています。

ホタルイカ、ぼくもご一緒させて頂きたいのですが、週明けに菊地に相談してみます！」

途中、「あっそ」「ふう〜ん」なんて心でつっこみをいれながら読む。

それから、菊地さんにメールする。

私が虫くんを「良い」と思っているところは、私に会う前から生まれつき持っている「魚や生き物を好きなところ。無心に」です。


「ホタルイカ漁、ぼくも同行させて頂くことになりました！

銀色さんが誘って下さったと聞いています。

ありがとうございます〜！

ほたるいかミュージアムでは、発光ショーとかもあるみたいです。

ゆるキャラの〝いか娘たち〟が、『今年も光るわよ！』と言ってました。

でもぼくが一番楽しみなのは、もちろん、新鮮なホタルイカを食べる事です！

ホタルイカ狂としては夢のような企画です……。楽しみにしております‼」

なにしろ虫くんは、アワビよりもトロよりもウニよりもホタルイカが好きだという。ホタルイカがいちばん好きで、二番目がカラスミとのこと。

「ホタルイカの躍り食いは寄生虫の問題があって、残念ながら今は富山でもほとんど食べられないらしいのですが、とれたての釜揚げとか、最高でしょうね～。イーカんじの旅にしたいです。宜しくお願いいたします！」

あら、相変わらず。

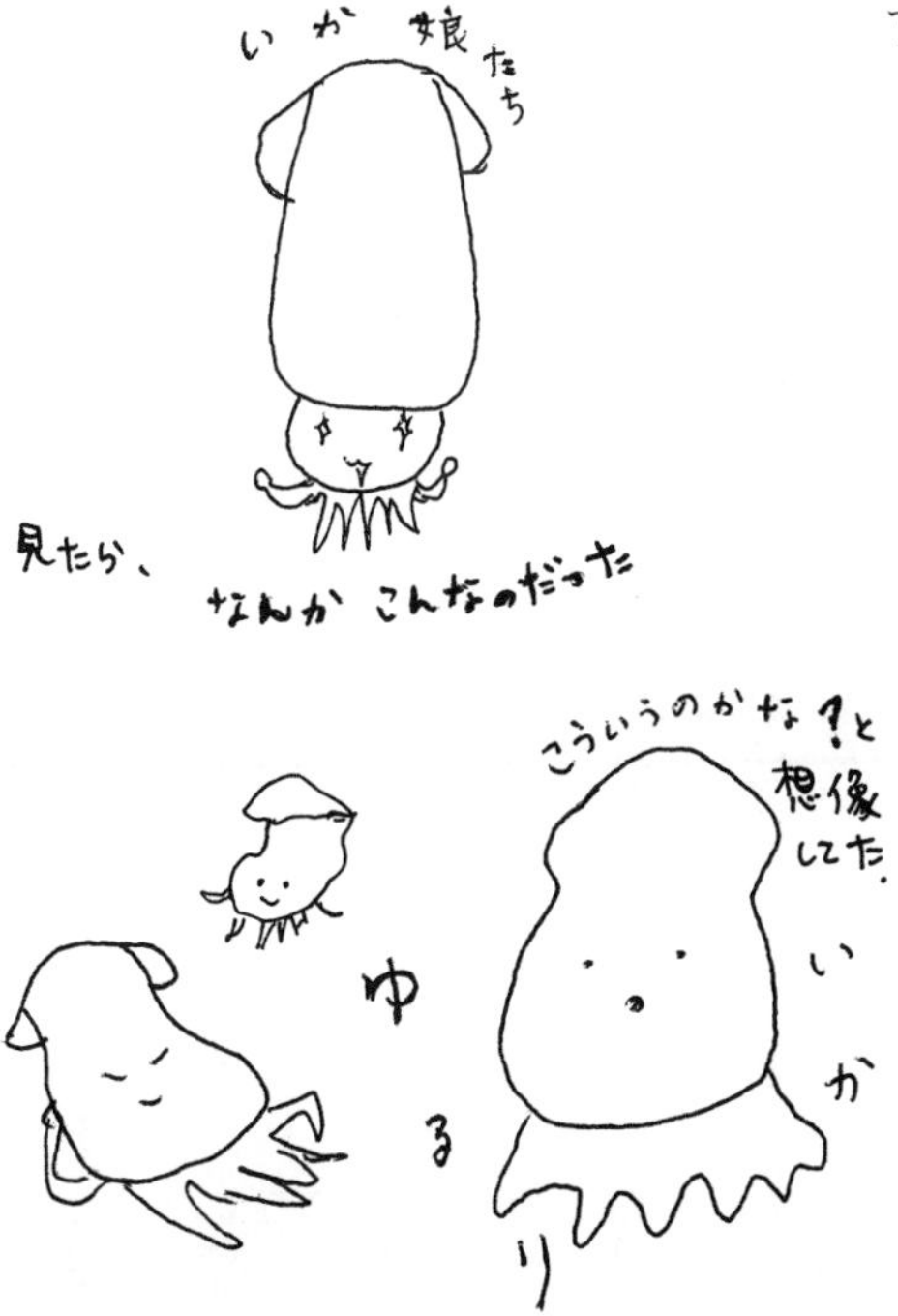
いか娘たち
見たら、なんかこんなのだった
こういうのかな？と想像してた。
ゆる
り
いか

月曜日の10時12分発の上越新幹線の座席で待ち合わせ。席に向かったらふたりがいた。虫くん、会うのはひさしぶり。通路を挟んだ向こう側に座ってる。なので、隣の菊地さんとしゃべりながら行く。

「いつなんどき楽しいことが起こってもそれにすぐに向かえるように私は常に待機中。浪人中の侍のように、待ち続けて何十年」などと話す。

越後湯沢で乗り換え。ここで駅弁を買う。今度は4人がけの席なので、虫くんがお隣。私は香田晋プロデュースの「林道かまめし」。紐を引くとあたためられるという仕組み。

窓から見える山々は白い雪景色で、ここは、まだ春は遠いと感じた。

今年はホタルイカが不作だそうであんまり見られないかも、それ以前に船も出ない日もあるとか。せめて船が出たらいいけど。すべて天候次第。

虫くんは昨日ほとんど寝ていないそうで、寝不足だけど大丈夫ですとのこと。

お弁当を食べるBGMになにか魚の話をして、とお願いする。

今、メダカを飼っていて、アフリカのなんとかっていうものすごく長い名前のと、日本の。ピカピカ光るメダカがいて、その中に頭まで光る「スーパー光メダカ」っていうのがいて、その中でもさらに鼻の先まで光る「鉄仮面」っていうのがいて、より光るのを作ってるとかなんとか。水槽も5つあるそう。メダカのこと、熱帯魚のディスカスのことなどうれしそうに話してくれた。へえ～、と私も不思議な思いでそれらを聞く。

窓の外に、「ブルボン」と書かれた大きな工場が見えた。「ホワイトロリータ」や「ルマンド」は子どもの頃、集まりというと出てたな……、などと話す。大人の集まりに一緒についていくと、菓子鉢に盛られたり、袋ごと回って来たそれら。おいしいんだけど、すぐに味に飽きるのはなぜだろう。でも息の長いお菓子。ホワイトロリータの甘い味を思い出す。

魚津駅で乗り換え。だれもいないホームでスクワットなどの運動をする。

滑川《なめりかわ》駅に到着。駅前にあった建物。それが今夜泊まるホテルだった。歩いてすぐ。

滑川は閑散とした静かな町だった。まだ午後2時過ぎなので、荷物を部屋に置いて、歩いて10分ほどのところにあるほたるいかミュージアムに行くことにする。漁は今夜の2時半からなので、今日は早めに食事して少しでも寝ておくという計画。

人のいない通りをてくてく歩いて、ほたるいかミュージアムへ。そこは海沿いで、防波堤があった。まず海を見たいと思い、防波堤を越える。

するとそこには穏やかに広がる海原が。

虫くんは岩場を眺め、岩にまたがり、海中をじっと見つめている。黒い貝がびっしりくっついている。「ムラサキイガイですね。ムール貝です。食べられますよ」

のどか。カモメが飛んでいる。

コンクリートの段々に座ってちょっと海を見た。

そこからほたるいかミュージアムへと向かう途中、大きなテントウムシが飛んできて虫くんの手にとまった。犬には犬好きがわかるように、虫には虫好きがわかるようで、よくいろんな虫が虫くんに近づいてくる。

海側から入ったので建物の裏だった。ミュージアムのまわりに水がはられて池のようになっている。そこを大きく回って正面入り口へと向かう。後ろを歩いていた虫くんが「淡水ですね」と言う。

「どうしてわかるの?」と聞くと、なめて調べたそう。

ミュージアムに入る。階段の上に熱帯魚のディスカスが見えたとたん、「あ、ディスカスディスカス!」と走って上って行く虫くん。

まず2階のホタルイカや滑川に関する情報コーナーを見てから、観光ビデオを見て、1階の展示ホールへ。すると観光地によくあるが、パネルの前で記念写真を撮られる。ホタルイカのぬいぐるみを持たされて。

奥を見て、「あ、カニとかさわれますよ！」と虫くんがうれしそうに叫ぶ。

それは「深海不思議の泉」といって水深333メートルの深層水の泉で、イソギンチャク、カニや深海魚が泳いでいる。シックな色の水槽の中にカニと石とイソギンチャク……、その配色がとても好きだった。

虫くんが深海魚をさわって「おもしろいですよ」と言うのでさわったら、ゼリーやゴムみたいなやわらかい感触で、でも普通の魚のようにぬるぬるはしていない。不思議な手ざわり。中に小さい長方形の水槽があって、そこにはホタルイカが泳いでいた。「食べないでください」「お食事はレストランで」という貼り紙が貼ってある。ホタルイカにさわってみる。深層水はとてもとても冷たくて、長く手をつけていられなかった。

それからシアターへと進む。お客さんは少なくて、全部で6人だった。そこでガイドの女性の説明を聞きながらまず映画。それはほたるいかミュージアムのスタッフがホタルイカをこのミュージアムに運ぶドキュメンタリー映像だった。ホタルイカがとれるのは1年の中でもこの時期の2〜3ヵ月だけなので、そのあいだだけしか生きたホタルイカは展示されていないらしい。そのホタルイカを実際の漁の時に網ですくって生きてるまま入れ物に入れてミュージアムに運ぶのだけど、捕まえるとすぐに弱ってしまうので1秒ももたもたできない。常に新鮮な海水を注ぎ続けなくてはいけないし、一刻も早く運ばなくてはと、毎晩冷たい夜の漁に出て、すごい努力をなさっているということをまざまざと知ってしまった。とって来たホタルイカも数日しか生きられないのだそう。

そのドキュメンタリーを見たあと、発光ショーといって、そこにある水槽の中のホタルイカが実際に発光する様子を見る。苦労話を見たあとなので気が引き締まる。

半円形の水槽の中に網が敷かれ、その上にホタルイカが泳いでいる。その網を、漁師さんがやるように引き揚げるのだ。部屋が真っ暗になって、ガイドさんの「3、2、1、ハイッ」という指示に従って網を引くと、青白い光が見えた。それをもう1回やって、そのあとしばらくするとうっすらと体全体がぼんやりと光り出す2次発光というのも見た。

おもしろかったと思いながらそこを出て、また展示場を回る。ホタルイカの成長の様子を見たり、顔はめパネルで写真を撮ったりした。

そこから出ると売店コーナーで、生のホタルイカが売られていた。ボイルしたホタルイカの試食をしたり、おみやげなどをみる。ボイルイカを酢味噌で食べるのだけど、さすがに新鮮でぷくっとやわらかく、おいしい。沖漬けも何種類もあり、虫くんはいくつも食べている。

また人のいない道をとぼとぼと歩いてホテルへ向かう。歩道のタイルにホタルイカの絵が埋め込まれていた。ふたりは市民交流プラザの展望風呂に行くと言うので、私はちょっと迷ったけど行くことにした。そこまでもだれもいない道をゆっくりテクテクと歩く。

市民交流プラザは新しいビル。展望風呂に行ってよかった。遠くまで見渡せる、景色のいいとてもきれいなお風呂だった。海面が縞模様に光ってる。いろいろなお風呂があり、海洋深層水風呂もあった。そのお湯をちょっとなめたらやはりしょっぱかった。

先に出て、ひとりトコトコと歩いてホテルに帰ってしばらく休憩。

6時にロビーで待ち合わせて、食事に行く。ホタルイカ料理を食べさせるところ。そこもあまり人がいなくてお客さんは他に一組だった。水が緑色の大きな水槽が中央にあって、下の方になまこがたくさんいた。

「赤なまこだからおいしいですよ」と虫くんが言う。

お料理は、ゆでたホタルイカやお刺身、天ぷらや串揚げなどホタルイカづくしで、虫くんはとてもうれしそうだった。虫くんの顔がやけに黒いから、なんでそんなに日に焼けてるの？　と聞いたら、きょとんとしていた。地黒らしい。

8時半ぐらいまで食べてホテルに帰って、すぐには眠れず11時頃まで本を読んでいた。飲みすぎた。

2時に起きて、2時15分にロビーで待ち合わせ。お酒が抜けてない。まだ眠いけど、黙々と歩いて集合場所のミュージアムまで。私は濡れてもいいようにズボンは登山用のカッパを着ていたのだけど、他にそんな人はいなかった。別に海水が飛んでくるのではないようだ。ちょっと想像つかず。

暗い中、道路の上に、ホタルイカの電飾の看板があった。

集合場所のほたるいかミュージアムの売店にはすでにたくさんの人がいた。みなさんいろいろなところからホタルイカ漁を見るために集まって来たのだ。人数は60~70人ぐらい。この予約はすぐにうまるらしい。ライフジャケットがひとりずつ配られ、人数を調べるために外に5列に並ぶ。ほとんど大人ばかり。それから近くの港へ歩いて移動する。ざくざくと。大人たちが真っ暗な真夜中に動く。

すぐ港に着いた。小ぶりの船に乗り込む。3時に出港。船は進む。20分ほどいくと、そこで止まった。向こうの方から定置網をあげてゆく。実際の漁を見られるなんてありがたい。網をあげる船がだんだん近づいてきた。前におじさんの腕があってよく見えない。寄せ集められた網の中のホタルイカを、漁師さんが虫捕り網みたいな網ですくっていく。まだ照明がついているのでホタルイカの青白い光は見えない。最後近くになって目の前に来たら、観光船のためにしばらく明かりを消してくださるのだそう。なるほど、漁業と観光の協力……というのか。

今日の船にはテレビニュースのアナウンサーやカメラが同乗していて、アナウンサーの女性の声が、小さかったけどよく聞こえる。やはりテレビ用の話し方を日常の中で聞くと違和感がある。とはいえ、真夜中だし状況が普通と違うのでそれほど気にならなかった。

次々と網ですくう漁師さんたちの勇ましくきびきびした様子を見ているのもおもしろい。みんな一生懸命にすくっている。だんだん近づいてきてはっきり見えてきた。カモメがたくさん集まってきて、ぷかぷか網の中に浮いてホタルイカを狙っている。網が狭《せば》まるとカモメが飛んでいくので、バサバサと大騒ぎ。

ついに船が目の前に来て、明かりが消される。

真っ暗な中にホタルイカの青い光がちらちら……。

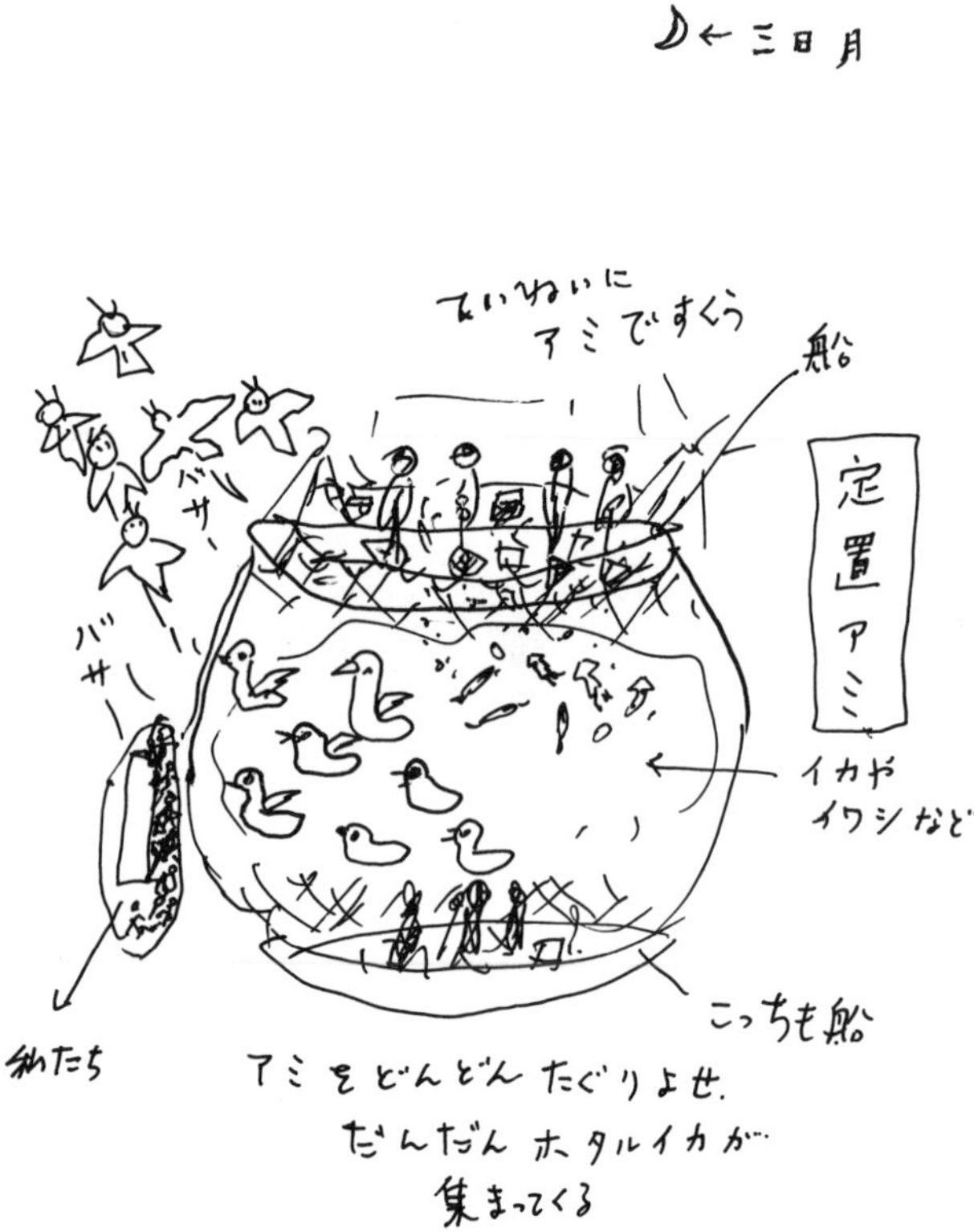
←三日月
ていねいに
アミですくう
船
定置アミ
バサ、
バサ
イカや
イワシなど
こっちも船
私たち
アミをどんどんたぐりよせ.
だんだんホタルイカが…
集まってくる

と思う間もなくもう明かりがついた。

あっという間だった。今年はまだ量が少ないという話だったけど、たしかに少なく感じたし、光の強さも、とてもかすかだった。よく見るパンフレットの写真が明るすぎるのだろう。あの青い光の滝のようなのを想像していたけど。

オーロラを見た時のことを思い出した。自然の光ってこういうものかもしれない。ホタルの光もとても幽玄だもの。

虫くんに「緊張してたからか、あんまりわからなかった。……あんまり明るくないんだね」と言ったら、「僕は光ってるのより、ホタルイカを網ですくうのが見たかったから（満足です）」と言う。

いちばん近くに来た時、カメラマンや急に立った女の人などが邪魔だった。

いい匂いがしてきて、香ばしく焼いたホタルイカが回って来た。ひとつ食べたらおいしかった。

しばらくしてまた船が走り始めた。帰るのかな。どこかへ行くのかな。

するとまた止まって、もうひとつの定置網の漁を見られるようだ。今度は緊張しないでしっかり見よう。見えそうな場所を移動して探す。前に人がたくさんいるからなかなか見えない。でもまあ見えるところに立つ。今度はさっきよりも見えそう。

明かりが消えた時、丸い網の中に、青いてんてんが散らばってきれいだった。そしてまた点《つ》いて、続きが始まる。

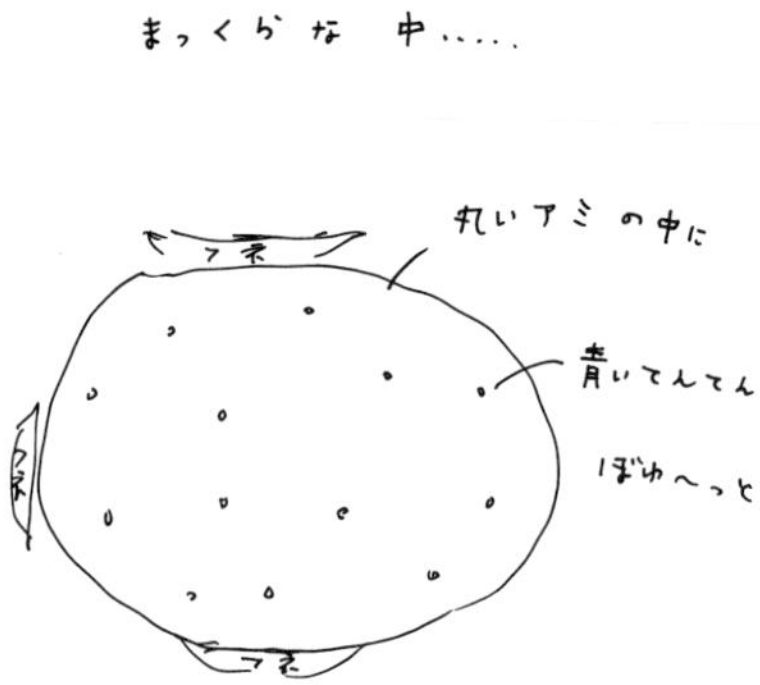
まっくらな 中.....
丸いアミ の中に
青いてんてん
ぼゆ〜っと

観光船の人たちがひろげたビニール袋に、漁師のおじさんが網をのばしてすくったばかりのホタルイカを入れてくれる。そのたびに「キャーキャー」歓声が上がる。

見ると、隣のおじさんもホタルイカの入ったビニール袋をもらってきてる。そして、そのままパクッと食べて、まわりの人にも勧めている。あ、と私は思った。ホタルイカの寄生虫についてだ。ホタルイカの寄生虫について今日の昼間、学んでいたから。それは今まで聞いた寄生虫の中で私の最も嫌だと思っていた寄生虫だった。それは、人の体の皮膚の下をあちこち這いまわり、這いまわったあとが線になって見えるというもの。その寄生虫を取り出すには、いそうな場所を広めに切って取り出すしかないという。おお。寄生虫がいるのは数パーセントで、それを食べても感染する人は少ないらしいけど……。

近くから、もう最後の、網が閉じるあたりを見ていたら、網にところどころくっついて上げられているホタルイカが大きめのナメクジそっくりに見えた、その色といいてらてらした様子といい。そしてイワシが尾を網にはさまれてビリビリ空中で動いている様子もよく見えた。イワシのビリビリ。

アナウンサーの女性が最後のしめくくりの言葉を話そうとするたびに船のアナウンスが入ってきて、そのたびに苦笑して、何度も（4～5回）やり直していた。

アミにくっついてるホタルイカ
ちょっと なめくじっぽい

生きた
ホタルイカを
ビニール袋に入れてくれるたびに
キャー キャー かんせいが

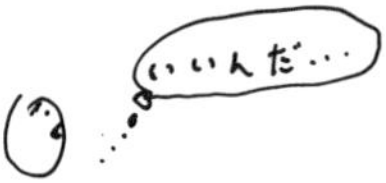

4時40分に港に帰る。

船から降りたらさっきのアナウンサーの女性が、すみません〜、インタビューさせてください〜と寄って来た。断ろうとしたら、まだ女性の人をひとりもインタビューしてなくて……ととても困り顔をしていたので気の毒になり、受けてあげた。隣にいた虫くんも「ご一緒に」なんて言われていたけど、それは私は嫌なので私ひとりで。答えにくい一般的なことをいろいろ聞かれ返答に困ったけどどうにか答えたら、「ありがとうございました」とお礼を言われた。いいことしたわ。

ほたるいかミュージアムに帰る道、東の空が青く明け始めていて、とてもきれいだった。ライフジャケットを返しに行くと、観光係のおじさんが「今日は3つのいいことが重なったよ」と教えてくれた。ひとつは、まず予約がとれない。50人ぐらいキャンセル待ちしているから。予約が取れてよかったよと。ふたつめは、船が出ないことが多い。天候によって。今日までは7勝6敗。船が出てよかったねと。そしてみっつめが、光らない。ホタルイカがいなくてイワシばっかりで光らないことがある。だから光ってよかったよと。あと、おみやげがつくかもって。それはあの生のホタルイカのこと。でも私たちのいた場所ではおみやげはもらえなかった。

またトコトコと歩いて帰る。ホテルの前の自販機でホットココアを買おうとしたら虫くんが買ってくれた。「夢をかなえてくれたお礼に」と。

朝、9時。小雨。

ロビーで待ち合わせして朝食をほたるいかミュージアムに食べに行ったら、電話して確認したはずなのに、なにかのまちがいか、まだレストランは開いてなかった。しかたなくまた歩いて、人けのない道をトボトボとスーパーへ向かう。途中の用水路を見てまた虫くんが言ってた、「こういう用水路的なところに水草が生えてるっていうのがいいですよね。あの下に網をおいてガシャガシャって踏むと、どじょうとかが入るんですよ〜」。

スーパーの入ってる建物の中にお蕎麦屋さんがあった。「最後のホタルイカを食べたい」と虫くんが言うので、魚売り場でボイルしたホタルイカを買ってきておそば（天ぷらそば）が出てくる前に食べる。

虫くんは生のホタルイカもおみやげにと買っていた（そしてさくくんにもと、ひとつくれた）。

途中、魚津駅で乗り換え。人のいないホームで、また3人でスクワットをする。

じゃん」

銀「でも、虫くんも成長したよね。前みたいなぐちぐちしたこと、あんまり言わなくなった

虫「それは……、ひとりでもいいと思うようになったからです」

銀「でもわかんないよね、先のことは」

菊「そうですよ」

虫くんが、一度虫くんの家に私があげた詩を飾っているところや熱帯魚のディスカスやメダカを見に来てほしいと言うので、「別に私の詩は見たくないし……」と言いつつ、菊地さんとどういう条件だったら虫くんちに行く？　と考え、菊地さんは「猫を飼ったら、猫見に行く」。私は「子どもが人質になってナイフあてられてる」と言った。……いや、冗談。「前に食事した時、何度かお誘いしようと思ったんですけど」と虫くんは言ったけど、思っててもそれを口に出さなかったら、言わないのと同じよ。

（その3ヵ月後、ついに行きました。私が歩くのが好きになったので歩いて2時間かけて。歩いて行くんだったら魚を見に行ってもいい、と私が言って）

越後湯沢駅でも乗り換え。そこでお昼を食べる。親子丼。尾瀬の時にも見たお酒のコーナーに酔っぱらいのおじさんがまだいたので一緒に写真を撮る。

帰りの列車の中で、虫くんがこれから行ってみたい場所や経験してみたいことをたくさん、うれしそうに語っていた。私と菊地さんに軽くいなされても、まるで聞こえなかったように、あそこ行きたい、ここ行きたい、言ってるといつのまにか夢がかなってるんです、この仕事してて本当によかったです、などと無邪気に言う。ちなみにそれは、オーロラを見たい、アザラシの赤ちゃんを抱っこしたい、乾季のアフリカでヌーの大群とフラミンゴ、氷の上でワカサギ釣り、四万十川で手長エビ(「川とエビってワクワクしませんか？」「しない」)、どこか忘れたけどキノコ狩り、白神山地のなんとか、浜名湖の憧れの「たきや漁」、アユ釣りは老後の楽しみ……などだった。

行けたらいいね。私は沖縄に行きたいわ。

家に帰って、さっそくもらった生のホタルイカをボイルする。ゆでると目が丸く白くプッと出てきて、おもしろいというか、ちょっと気持ち悪いというか。

さくと一緒に食べた。「おいしいね」と言っていた。そう虫くんに伝えたら、とてもよろこんでいた。

思えば、うすぼんやりとほの青いホタルイカの光だった。きれいだったけど、眠りと眠りにはさまれた真夜中のことだったので、まるで夢の中の出来事のようだった。現実のような気がしないぐらい幻想的だった。

あの漁師さんたちの冷たい海での勇ましい働き、ほたるいかミュージアムのスタッフさんたちのホタルイカを1匹でも多く生きたままつれてくるためのご苦労、それが最も印象的だった。

ホタルイカ。

青白い光を忘れない。……でも忘れそう。

東海道を歩く

菊地さんが、「幻冬舎の企画で今、東海道五十三次を歩いてます」と言う。時々、飛び入りでゲストも歩きますよと。

歩くのが強迫神経症並みに苦手な私は完全に遠い世界のことのように聞いていたのだが、会うたびにそのことをチラチラ聞いているうちになんだかだんだん興味をおぼえ、運動不足だし、私も一度歩いてみたいと思い、参加をお願いした。

そして、2012年5月12日、13日の2日間、飛び入りで一緒に歩かせていただくことになった。その日は、主役の書評家のおふたりと、編集者5人、女性作家の方、そして私の総勢9人が、朝、8時に静岡駅に集まった。今まででいちばん大人数とのこと。

今回の行程は、1日目、岡部宿～島田宿の15・3キロ。2日目、島田宿～掛川宿の17・6キロ。天気よし。

私の服装は、靴はいつものMBT。パンツはストレッチ素材の普通の。それに登山用の半そでTシャツと、風よけの長そでが必要と聞いたので、あわてて朝、中2の長男のスポーツジャケットを借りてきたけど、なんかきちきち。それに全体的に色が薄暗い。歩き慣れたみんなの軽快なアウトドアな装いとは違う……。でも、私は今日は初心者なので平気。初心者ならではの慣れない不器用さが味わえる唯一無二の1回目。なにもかもが新鮮だ。

まず、静岡駅前からバスに乗って前回の終点という、岡部宿まで行く。

着いたところは昔の宿場町。まず、大旅籠《はたご》「柏屋《かしばや》」を見学する。入り口の弥次さん喜多さんの人形と一緒に写真を撮る。みんなそうするらしい。

それから2階の衣装体験コーナーで衣装を着る体験をしてから、旅籠内をくるりと見て回る。でも私はここではまだ気持ちが全然落ち着かず、何をどう見たらいいかわからなかった。

そこから歩きはじめる。初夏の花が咲きほこり気持ちがいい。ところどころに松並木があり、それで昔の道幅がわかる。須賀神社の大きなクスノキや、本願の松など立派な木がところどころにあった。一里塚跡、民家の前庭の花、下水の蓋につまった小石などに目を惹かれながら進む。

1時頃、待望のお昼。藤枝駅前の「かわかつ」というお店で親子丼とせいろのセットを食べる。とてもおいしかった。親子丼がやさしい味でふんわりとできていて。

ここまで6～7キロ歩いたことになる。私はふだん家の中にいることが多く、その場合、一日数百歩程度しか歩いていないと思う。今回の主役の方も歩くのが大嫌いで歩かなくてすむようにライターの仕事についたんですとおっしゃっていた。犬の散歩以外、外に出ないとか。それがこの企画が始まっていやいやながらも品川からここまで歩いて来たおかげで、だんだん脚力もつき、体重も7キロも減ったとのこと。「でも、そんなに歩くの嫌いで、よくこの企画を納得しましたね」と聞いたら、「え、まだ納得してません～」とやわやわと眉間にしわをよせている。

お昼ご飯のあとも、とにかく黙々と歩く。食後はどういう感じになるんですか？　と編集の方（石垣さん）に聞いたら、「眠くなります」とのこと。

陽射しも強く、西に向かっているのでどうしても真正面から受けることになる。私は首に巻いていたタオルを帽子のまわりに巻き付けた。そこからはぼーっとしたままおしゃべりもせずにただひたすら歩く。途中、建物の陰にしゃがんで休憩するも、またひたすら黙々と。そして午後4時、本日の目的地、島田に到着。バンザーイ。和菓子屋さんをのぞいたら、素朴でかわいらしいおせんべいを見つけた。

さてまずホテルにチェックイン。予約名を告げてカギを受け取る。これから蓬莱《ほうらい》橋という大井川にかかるとても素敵な木造の橋に行ってビールを飲むとみなさんが言うので、ちょっと迷ったけど私もついていく。

荷物を部屋に置いて来ようとしたら、菊地さんたちはこのまま行くという。荷物、重いのになあと思いながら、部屋に荷物を置いてビール代だけ持ってロビーに戻った。すると、「それだけ？　帰りに温泉に行くんですよ」と菊地さんが言う。え！　知らなかった。どうしよう……じゃあ、タオルとか……とうろたえていたら、「タオルは借りられるし、お金も貸します」と言うのでそのまま出かけたが、私だけ着替えを持って行かなくて、お風呂上りに汗まみれの同じ服を着るのだということをゆっくりと理解し、ちょっと暗い気持ちになる。けど、荷物がなくて軽くなったからいいかと慰める。でも、すぐに部屋に着替えだけ取りに行けばよかったと、自分の判断力のなさを悔やみ、しばらく動揺はおさまらず……。

途中のコンビニでビールを１本買って、蓬莱橋までまた歩く。これがけっこう距離があった。２キロぐらいか。30分はかかった。やっとのことで着いて、５時に橋を渡る。

蓬莱橋。世界最長の木造歩道橋とのこと。

素敵な橋。

ここ、いい。たぶん夕方、特に。

すがすがしいこの空気、この橋、この川の流れ、この雰囲気、このたたずまい……。素晴らしい夕方の景色だった。川の水は淡い淡い抹茶ミルクのような色で、吹いてくる風も気持ちよく、ビールを飲みながら歩く。全長896・5メートル。長かった。でも、来てよかった。

主役の書評家の藤田さんは橋の入り口まで来て、そこでピタリと止まってビクとも動かず、橋の向こうまで歩くというみんなを見送っている。ずっとあとで聞いたのだけど、この時、あまりにもこの橋までが遠くて、悲しくてつらくて、泣いたのだそう（……笑）。

橋からちょっと行ったところで、今日帰るという作家さんら3人と別れ、温泉まで歩く。そこから温泉までが、疲れた足には、かなり遠かった。行けども行けども見えてこない。途中、人に聞いたりして、くたくたになって、やっとたどり着き、6時から7時まで入っていた。温泉は気持ちよかった。

そして出てから、私だけ……今日着てた汗まみれの同じ服をまた着る……。

待合スペースの畳のところに行ったら、みんなこざっぱりとした違う色の服に着替えていて、そのせいで見知らぬ人のように輝いていた……。自動車の運転免許試験に私だけ落ちて、先に合格した同期を見ているような気持ちで、羨ましく思う。

それから夕食を食べて帰ることになり、駅前のお店をぐるぐる回っても決まらず、結局、にぎやかなところからはずれた定食屋さんのようなところへ入る。お客さんはだれもいなかった。駿河湾特産の桜えびを食べる。7時45分から9時15分まで。

けっこう飲んで部屋に帰り、万歩計を見ると40194歩。さすがに足が疲れている。足の裏が痛い。明日は日の出とともに5時出発とのこと。4時40分に目覚ましをかけて寝る。


朝、起きる。まだお酒が残ってる。飲みすぎた……。ゆうべはすぐに眠れたけど夜中に目が覚めて1〜2時間ほど寝つけなかった。

ぼーっとしたまま、5時、出発。でも、朝の街は人もいなくてすがすがしい。

足に疲れがたまっていて、「今日は死んだ心で歩く」とつぶやく。


2キロほど歩くと大井川。その手前、ここもとても風情のある街並みだ。その昔、川の両側に人足が数百人待機していて、肩車や蓮台に乗せて大井川を越えたという。ここにある島田市博物館には大井川の川越えのようすがいろいろ展示されているそうだが時間が早くて開いてない。これ、見たいな。おもしろそう。

そして、「越すに越されぬ」大井川が、バーン！

今はもう橋がかかってる。大井川橋。1026メートル。そこをてくてく歩く。みんなあんまり無駄にしゃべらない。黙々と進む。

橋を越えたところにあるコンビニでおにぎりやパンを買って、コンビニの前にしゃがんで食べる。普段はしないこういうことも、この状況ではまったく自然。状況が行為を導くというい例。人々がコンビニの前でくつろいでいるのは、彼らにとってそこが東海道五十三次のあいまの有難い休憩地のようなものなのだろう。

ほっとしたのもつかの間、そうそう休んでもいられないので先を急ぐ。

ふたたび黙々と進む。小さな川に渡された鯉のぼりを見て、金谷宿を越え、ここからだんだん坂道になり、金谷坂石畳となった。

この急な石畳を上がるのがきつい。でも、石畳を見ながらひたすら上る。

途中のポリタンクが顔に見えるなと思いながら上る。さらに上る。

お茶畑の中の屋根付きベンチで休憩する。

見渡すとのどかなお茶畑。

遠くの山肌に木で形作られた「茶」の文字が蜘蛛のように見える。

ホッとするひととき。ベンチに腰かけた編集者の男の子（有馬くん）は、虫くんと釣りに行ったことがあるそうで、「不思議なほど、長そでや帽子で日焼けを完全武装していた」と教えてくれた。それを聞いた菊地さんが「ナルシストだから」と言う。

そして次は下り。この石畳の終わり付近は江戸時代のままだそうで、よく見ていたら古い石畳には苔がついていた。

9時。道の駅で休憩する。静岡名物を使った抹茶ゼリーがおいしかった。ここでみんな思い思いのものを食べたりした。出し巻き卵、お団子、焼きそば。

そしてまた出発。やさしそうな犬のいるところから左に折れ、そこからまた急坂が続く。この坂がかなりの角度だった。遠くまで広がる美しいお茶畑を眺めながら、大変苦しかった。時々後ろを振り返ると、主役の書評家の藤田さんがよろよろしながら上ってくるのが見える。もうひとりの主役の杉江さんの姿はまだ見えない。坂が苦手なのだそう。

へろへろになりながらお菓子のような丸いツツジの木を通り過ぎたら、そこからはやっと勾配もゆるやかになり、やがて右手に久延寺《きゅうえんじ》。大きな丸い石があって、それは有名な夜泣き石のひとつ。

むかし妊婦が山賊に殺されたが、さいわいお腹の子は助かり、久延寺の住職が水飴で育てた。殺された母の霊が石にこもり毎晩泣くので、読経してなぐさめたところから「夜泣き石」の名がついたのだそう。

その先にお茶屋の「扇屋」。扇屋で休憩する。東海道五十三次の手ぬぐい、450円を菊地さんが買ったのを見て、ぼんやり真似して買ってしまう。なんで買ったか……。あと、水飴100円を買った。おばちゃんが「ここがてっぺんだからね。ここから2〜3キロ先に尋常じゃない坂があるよ」と教えてくれた。そして私の着ているオリジナル一太Tシャツの背中の絵を見て、「それ、なに？」と聞く。「私の描いた絵で、前の顔の後ろ頭です」と答える。ほお……と気になるようで、じーっと見ていた。

しばらくくつろいで、また出発。うぐいすが鳴いている。
下り坂を黙々と下る。安藤広重の日坂《にっさか》の急坂の絵の石碑あり。
ついに尋常じゃない下り坂が出てきた。
そこも黙々と下る。「七曲りの急坂」と呼ぶらしい。

やがて日坂宿に到着。風流な家並み。「川坂屋」という宿を見学して、日坂の道の駅までで私は終了。他の人たちは掛川駅まで歩くそう。挨拶をして帰る。
今日は142442歩。楽しかった。歩けるじゃないか。

さて、それから2週間後の5月28日、月曜日。

私はジョギングや苦しい山登りは苦手だけど、あんなふうに目的のあるウォーキングは好きだということがわかった。なのでまた歩きたいなと思っていたところ、東海道を歩いてみたいという友だちがいたので誘ってみた。めずらしく武士魂をもったその名も侍ちゃん（心でそう呼んでる。見た目は麗しき女子）と、足慣らしに日帰りで行くことにした。

いい天気。今日の予定は静岡駅から岡部宿までの約13・4キロ。

朝早くの新幹線に乗って静岡へ。9時15分に静岡駅からウォーキング開始。

すでに陽射しは強い。日焼け止めバッチリ、白ぬり！

でも、昨日買ってきた風よけ用の服を日よけに着たら、それはビニール製で暑くて蒸れる。しょうがないので脱いで、半そで（一太T）になる。

街の中をテクテク歩いて、10時に安倍川のほとりの茶店「石部屋《せきべや》」へ到着。昔ながらの古風なお茶屋さん。開いたばかり。売り切れたら終了らしい。安倍川餅をふたりで一皿たのんだ。やわらかい小さなお餅が10個並んでいて、そこにきな粉とこしあん半分ずつ。きな粉は甘くなくて、上に砂糖がまぶされている。

フー。満足感が広がる。やはりところどころにこういうホッとする場所があると気分も上がるというもの。

安倍川を渡る。トコトコ。

今では鉄橋になっていて情緒がない……、などと思いながら、歩きながらガイドブックの東海道五十三次「府中安倍川」の絵を見てから、ふと右側の景色を見ると、

「同じ！　見て！　山の形が一緒！」

川の向こうの山の形が同じだった。

時がたっても、橋ができても、山の形は変わってない。妙に感動した。

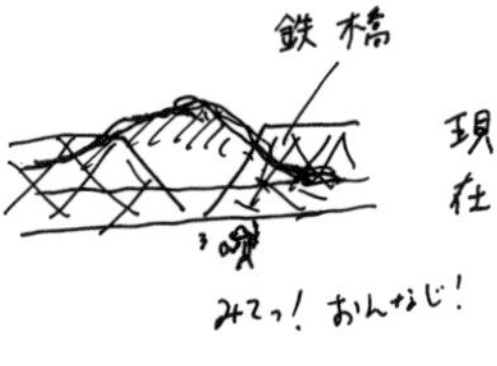

なめりかわ
駅前のカンバン

天ぷらそば

ぼんやり 外をながめる

滑川駅で

酔っぱらいおじさん人形

山の方は雪

家でゆでたホタルイカ

親子丼

柏屋の入り口で。
弥次さん喜多さん人形と。

柏屋正面

衣装を着て

大きなクスの木

松並木

民家の花 きれい

本願の松

親子丼セット

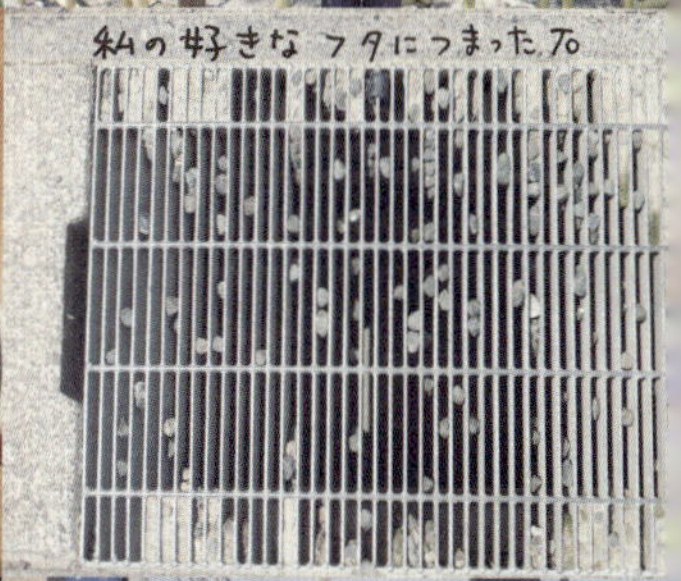
私の好きなフタにつまった石

かわいらしいおせんべい

タオルを巻きつけた

島田に到着、 バンザーイ

蓬莱橋 です

全長896.5メートルの 長い木造の橋、気持ちのいいところでした

大井川 夕景

大井川の手前.
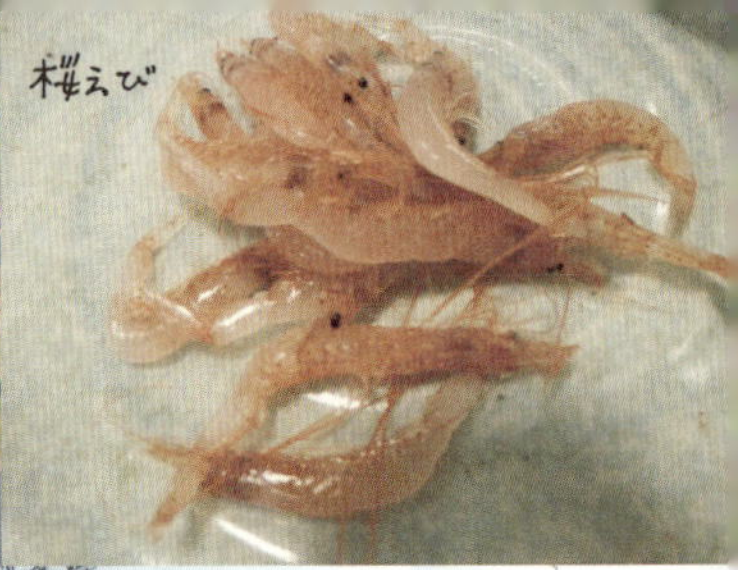
桜えび

大井川が、バーン!

まだ朝の5時55分.

ものすごい数の鯉のぼり

金谷坂石畳。オリジナル一太Tシャツを着て ほほえむ

お茶畑の前で

顔に見える

上左のアップ
うす笑い、一太、寝てる

抹茶ゼリーなど

江戸時代の石畳

山肌に「茶」の文字

だらだらと続く坂道

やさしそうな犬

お菓子のような丸いツツジ

茶畑

藤田さんが小さく、よろよろと上ってくる。
右は常に無の境地、菊地さん。左は心配そうに見守る石垣さん。

久延寺

夜泣き石

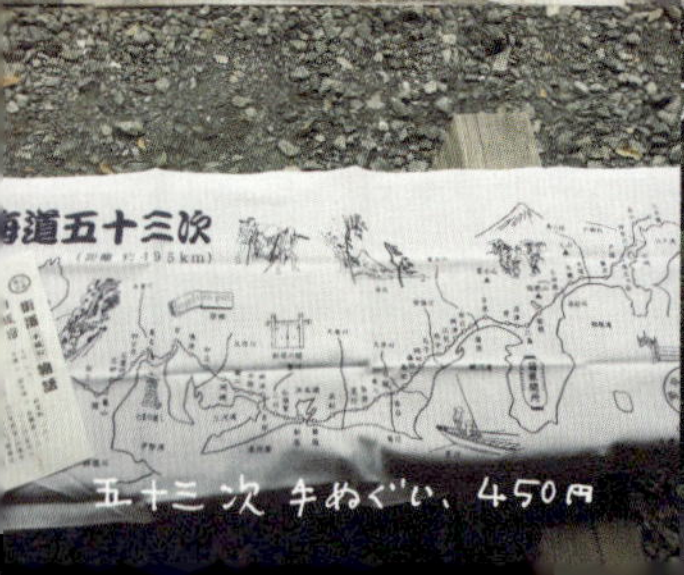

五十三次 手ぬぐい、450円

おみやげ処、元祖 扇屋

また 丸い石

水あめ、100円

日坂宿の宿

日坂の急坂の石碑

おばちゃんが説明してくれた

川坂屋 内部

きなことこしあん

もち屋

丁子屋　日焼け止めで白ぬりっ！

丸子定食、食べてるところ、一太、おすまし。

天井にぐるりと。

丸子の絵

丸子宿の顔はめパネル

消火栓にも富士山

美しい竹林

宇津ノ谷集落

昔と同じ姿

みんな 無心に 足つぼマッサージへ

平将門十九首塚

若い 松並木

薄暗い 善光寺

右側の木が、左の彫刻と似ている

どまん中茶屋にて
東海道どまん中茶屋

色とりどりの玉ねぎ
防犯連絡所

袋井宿
喜多さん
弥
またこのパネル。
藤田さんと。
東海道四〇〇年祭
(社)静岡県建設業

木原一里塚

天ひやしおろしそば
成子庵

カエルの置物

トーテムポールみたい

おどろおどろしい木

トンボのモニュメント

桶ヶ谷沼、日本一のトンボの宝庫

形づくられた木と、
右うしろに有馬くん

またまた気分も上がり、足取りも軽く先へ進む。川を渡ってからは道路沿いの民家などを見ながら平地をトコトコ。一度、道を間違えそうになり、ガソリンスタンドで聞いて進む。

この町には私の好きな花、ニオイバンマツリが多かった。この花はとてもいい匂いがして、咲きはじめは紫、それからだんだん色が薄くなる。ニオイバンマツリがあるとすぐに匂いでわかる。ちょうど今、花咲く時期みたいで大きいのも小さいのも満開だった。見かけるたびに匂いをくんくんと嗅《か》ぐ。

途中、なんだか心くすぐられるものがあった。「ファミリー」と書かれたひさし。店名なのだろうか。それが雨風によれて、ファミリ〜……と弱々しく、味がある。

グーグルと書いてある、屋根に丸い全方向っぽいカメラをつけた車が止まっていた。

「見て。グーグルマップの車！　これでね、撮ってるんだね。立ちションとか着替えてるところとか、いろいろ苦情が出たんだよね」

チラリと見たら、運転手さんも心もち居心地悪そうだった。はっきり言って、盗み撮り。

11時45分、ついに次の目的地「丁子屋《ちょうじや》」に到着！

とろろ汁で有名なお茶屋さんだ。わーいと思い、お店の前で写真を撮る。同じように記念写真を撮ろうとしているご夫婦がいたので撮ってさしあげる。とても素敵なご夫婦だった。いい人というのは、ひとめ……、ひとこと、ひと接触でわかる。

お店の店員さんであるおばちゃんもなにかで外に出てきてて、私たちの写真を撮ってあげるというので、じゃあ、と撮ってもらった。親切ないい感じの方だった。学校帰りに通り過ぎる子供たちも挨拶をしてくれ、なんだか全員がいい人だ。

そして中に入る。そこは囲炉裏《いろり》の土間風の昔ながらの薄暗い雰囲気でまた気分が上がる。私たちは奥に通される。靴を脱いで上がるらしい。靴を脱いでいると、店のおばちゃんが私のTシャツの一太の顔を見て、いきなり「これはなにかのキャラクターなの？」と聞いてきた。「いえ。私が描いたんです」と言ったら、「いいわあ……。なんだか気持ちがほわぁ〜ってなるわ。ほわぁ〜って……。いいわよ。安らぐわ……」と何度も繰り返し言われてとてもうれしかった。そして広間のテーブルで「空いてるとこ、どこでもいいわよ」と言って、「みんなに見せるためにここにしたら？」と真ん中の、人からよく見えるテーブルを示され、そこにした。

私はとろろ汁とご飯の丸子定食。むかごが好きなのでむかご揚げ団子を頼んだけど、よく見たら「猛暑によるむかご不足のためお休み」と書いてあり、かわりに自然薯揚げ団子になっていた。しまった。自然薯揚げだったらいらなかった。ま、いいか。

ここのとろろ汁は、とろろを白味噌で溶いているらしい。

天井を見上げると、まわりにぐるりと東海道五十三次の絵が飾られている。丸子をパチリ。この雰囲気もいい。お客さんはほとんど年配の方々で、落ち着いた安らかな空気が漂っている。

来た。とろろ。

食べてみたら、味噌の味がして私はあまり好みじゃなかった。とろろは、だしを効かせただし醤油の方が好き。でも全部食べた。よく考えたら私、そんなにとろろご飯って好きかなあ……と考える。それほど好きじゃないかも。とろろそばは好きだけど。

このお店で会った人はおじさんもおばさんもだれもかれもがいい人だった。ここだけ異次元なのじゃないかと思うほど、トイレに行っても、おばあちゃんがやさしく受け答えしてくれ、おじいさんもよかったし、不思議なほどだった。いい人空間。


12時30分に出発。

ここからはトラックの多い国道1号沿いなので、日陰もなく日射しは強いし、ぼーっとしながら、へとへとと気分で黙々と足を前に出す。

下を見ると、消火栓の蓋に富士山。

侍ちゃんはこの日射しに相当まいっている様子。


1時間後、やっと道の駅に到着。そこでパピコを食べて、ようやく生き返る。

弥次さん喜多さんの顔はめパネルがあったのでパチリ。

ここから先は峠越えなので山の中だ。日陰もありそう。

道端にクワの実が熟していたのでひとつもいで食べる。甘酸っぱくておいしかった。

新緑の山を見ながら歩く。

やがて、宇津《うつ》ノ谷《や》集落。

ここは映画のセットのようだった。

お羽織屋という豊臣秀吉ゆかりの陣羽織が拝観料200円で展示されているところがあったけど、「どうする？　私はどっちでもいい」と侍ちゃんに言ったら、「私も」と言うので行かなかった。


峠を越える。竹林や、うっそうとした草木、春のやわらかい草花など景色がなんともよい。高いところから、昔と同じ姿の宇津ノ谷集落の様子がよく見えた。ここからの景色は今も昔もあまり変わっていないのだそう。

空が暗くなり、カミナリが聞こえる。

山道を登り、やがて下り、しばらくおしゃべりしながら、道に迷ってるのか合ってるのかわかんないけどそれでもずんずん、今まで出会った変わった人たちのことなど紹介しあいながら進んで行ったら岡部宿に着いた。

2週間前に歩いたのはこの場所からだった……。今日は柏屋はお休みだ。

午後3時40分。

ここからバスに乗って静岡駅まで帰ってもいいし、もうちょっと歩けるだけ歩いてもいいけど、と侍ちゃんに聞いたら、「私はバスに乗ってもいいです」と言うので、バスに乗ることにした。ちょうどよく、52分に来る。バスに乗り込んだとたんに雨がポツポツ降ってきて、やがてすごい雨になった。豪雨。よかった。

足が疲れたので静岡駅で足のマッサージをうける。とたんに軽くなったけど、新幹線に乗ってる間にまた重くなった。乗る前に静岡おでんと桜えびおこわを買ったので車内でおでんを食べる。ふー。

楽しかった。

侍ちゃんは帰ってから体調を崩し、熱が出たそう。どんなにもやしっ子だったか思い知りました、とちょっと悔しそうだった。

さて、それからまた2週間後の6月9日、10日。前回の東海道の続きを歩くという話を聞き、また一緒に歩かせてもらうことにした。今回は1泊2日で掛川駅から浜松まで。宿場名でいうと、1日目が掛川〜袋井〜見附の15・3キロ、2日目が見附〜浜松の16・4キロ。

天気予報を見ると1日目は雨、2日目は曇りになっている。これは、また私にとっての新たなハードル。嫌いだった「歩き」よりもさらに嫌いな「雨の中の歩き」だ。じめじめして濡れて足がかゆくなって気分が悪くなる。でも雨の中を歩くという、次のハードルを越えることができれば私はかなり苦手なことを克服できる。

なのでスポーツショップに着やすいカッパを買いに行く。バックパックと帽子も買った。準備OK。

手がけていた仕事が終わったら行こうと思ってたので、無事終わって、行くことを決めたのがわりと直前だった。それでみんなが泊まるホテルはもう満室で予約がとれなかった。しようがないので近くのビジネスホテルを予約した。4500円の。

当日、掛川駅で待ち合わせ。東京を6時半のこだまで出たので、掛川着8時10分。書評家の藤田さん、杉江さん、杉江さんのお子さんと編集者3名（菊地さん、石垣さん、有馬くん）、そして私の計7名。

8時30分。雨がポツポツ降っている中を出発。これから雨、どうなるかなあと話しながら歩きだす。みんなは前にものすごい風と雨の嵐のような中を歩いたことがあり、その時は強風と強雨で、雨が斜めに降ってきてびしょぬれになり、倉庫街で道に迷って、全員遭難者のようにボーッとなり、大変つらかったそう。そのあと入った定食屋が天国のようだったという。

「私たち、一度あれを経験したから、雨が横からじゃなく上から降ってくるだけでありがたい」と菊地さんが言う。

「そうだよね。一度つらいことを経験したらそれ以下のことなんてなんともないよね」

「そうなんですよ！　よく小さいことで文句言う人がいるけど、経験がないんですよ」

「つらい経験をすると人は大きくなるよね……。その嵐の話は私は羨ましい……」

「でも本当につらかったんですよ」

つらい経験こそが人を強くする。苦労は買ってでもしろと言うけど、そんなこと言われても苦労は嫌だと思うけど、その価値は苦労したあとでないとわからない。苦労の真っ最中にはその価値はわからない。でも、時間がたってそのことが自分にもたらしたことの偉大さを知ると、次になにかつらいことがあった時ただ苦しむだけでなく、いつかこれが宝になると想像することはできる。私はよくそう思って耐え忍び、気持ちを切り替える手段にしてきた。そう簡単には切り替わらないけど一瞬ぐらいは違う気持ちで苦労を忘れることができる。つらさが大きければ大きいほど、そこから生まれるもの、得るものも大きい。

つらい思いを乗り越えていない人とは、話していても気持ちがなかなか通じないことがある。意味が理解できないようなのだ。人の気持ちを理解するということは、自分も同じような経験をし、同じような気持ちを味わうことによって可能になる。大人と子どもや、経験の差がありすぎる相手とは話が通じないのは当然だ。口にする言葉の意味が違う。実体験を通して表面でなく心の中心で感じることが大事なんだなと思う。

さて、そんなことをつらつら考えながら歩みを進めていると、進行係の石垣さんが「今日はあまり見どころがないんですよ」と申し訳なさそうに言う。

「松並木があるんでしょ？」と私。

「松並木ぐらいじゃ。最初は、あ、松並木だ！　って思ってましたけど、やっぱり峠がないと。一ウォーク、一峠はほしいですね」と菊地さん。

トコトコ進んでいると民家に囲まれるように、「平将門十九首塚《じゅうくしょづか》」というのがあった。将門をはじめ19人の家臣の首が埋葬されているのだそう。将門のまわりを臣下の武将たちが囲むようなかたちになっている。掛川の地名は、首を橋に掛けて検視したからとのこと。その敷地内に石を埋め込んだ足つぼマッサージがあって、かわいいなと思い写真に撮り、みんながその上を踏んで歩いているところも写真に撮り、川の方に歩いて行ったら、みんながどっと笑ったので「どうしたの？」と聞いたら、「靴で歩かないでください」という看板に、全員で靴で踏み終えてから気づいたとのこと。

ふたたびひたすら歩く。この企画の主役のひとり、書評家の藤田さんと歩きながらぽつぽつしゃべる。歩くのが大嫌いという話をもう一度確認するように聞き、うれしくなり私もそうだと教える。普段は（犬の散歩以外）家の中しか移動しないとのこと。私もそう。

藤田さんは、時々違う場所で眠りたくなって犬とふたりでキャンプに行ってエアカヌーをふくらませて乗ったりすると言うので、私はこの人はおもしろい人なんじゃないかと思い、そう伝えた。

薄暗い善光寺というお寺を過ぎ、若い松並木を越え、「ちょっとおもしろい彫刻とその向こうのその彫刻によく似た木」を見て、袋井宿に到着。

袋井宿は江戸、京どちらから数えても27番目にあたり五十三次の中間になるので「東海道どまん中ふくろい」をキャッチフレーズに町づくりにがんばっているそうだが、特にこれといったものはなかった。けど、「東海道どまん中茶屋」というのがあって、親切なおじいさんがお茶をだしてくれた。近所の友だちらしきおじいさんがふたり来ていて座っておしゃべりしながらお茶を飲んでいらした。ここでちょっとひと休みする。

いつも眉間にしわをよせているようなところが好きな藤田さんと茶屋の前や弥次さん喜多

さんの顔はめパネルで写真を撮る。このパネル、あちこちにある。

もう12時。お腹がすいたけど食べるところがないので本陣跡やつりさげられた色とりどりの玉葱を見ながら、静かな通りをひたすら歩く。

1時過ぎ、やっとあった国道沿いのお蕎麦屋で天ひやしおろしそばを食べる。お店にあった温泉のパンフレットに、ご当地B級グルメ袋井宿「たまごふわふわ」３００円というのがのってて興味を惹かれた。なんだろうこれ。写真には表面がふわふわとしたスフレのようなものが写っている。お店の若い店員の男の子にこれはどういう味ですか？　と尋ねてみた。その男の子は5年ぐらい前に1回食べたことがあるそうで、見た目はふわっとしてるけど食べると意外とそうでもなくて、何かにたとえるとすると火を入れすぎた茶碗蒸しで、「もう二度と食べないと思いました」と言う。ふふ。たまごふわふわ、だって。

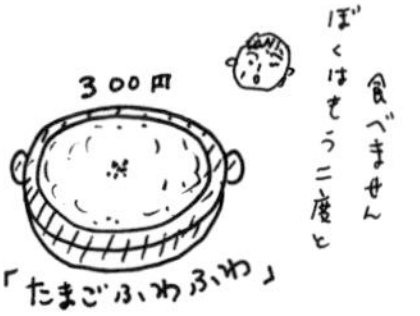

空はもう晴れて青空が見えてきた。暑くなりそう。

木原《きはら》一里塚に到着。丸く盛り上げられた土の上に丸い木が植えられている。そのすぐ近くにある木原畷《なわて》古戦場の許禰《こね》神社は、石造りのカエルの置物や幹のぼこぼことした木など、ちょっとおどろおどろしい雰囲気の神社だった。徳川家康が腰かけたとされる石というのもあったけど、どれがそうなのかわからなかったので、これかな？　と思いながらじっと見ていたら、「だれだれが腰かけた石ってたくさんありますよ」と菊地さんが言って、隣にいただれかも「そうですよね」と言ったので、ふうんと思って離れたけど、今思うと腰かけて写真に撮ればよかったと悔やまれる。

それからまたひたすら歩く。

3時頃。見どころのないと言われている今日の日程の中で私が唯一興味を惹かれた「桶ヶ谷沼」に着いた。ここは東海道五十三次とは関係はないけど、「70種類が生息する日本一のトンボの宝庫」と書いてあったので、私ひとりでもちょっと寄って行くと言ったら今日は行程が短いので、みんなも来た。自然環境保全地域に指定されているとかでそこだけうっそうとした森と沼。自然がそのまま守られているという雰囲気だった。まだトンボは飛んでいなかったけど、沼をちょっと見てからトンボのモニュメントのある桶ヶ谷沼ビジターセンターをのぞいてみた。するとそこも私の好きな感じだった。

菊地さんがパッと見るなり、「虫くんが好きそう。教えてあげよう!」と何度も言っていた。

この辺にいそうなさまざまな生き物が素朴に展示されている。テントウムシ、ゲンゴロウ、イモリ、ザリガニ、ドジョウ、タウナギ、メダカ、タナゴ、ライギョ、フナ。ヤゴもたくさん。カミキリムシの標本。ウーパールーパーも。それからウィスキーの丸い瓶の中に蝶の標本が入っているのがあって、どうやって入れたんだろうと不思議に思い、じっと見た。「このウィスキー、所長さんが飲んでるのかな」などと語り合いながら。

受付のおじさんに聞いたらやり方を教えてくれた。ここの所長さんの特技らしい。おじさんもとても自然の生き物が好きそうでいい感じだった。満足してそこを出発する。

そしてまたひたすら歩いて、日本最古の木造擬洋風小学校校舎という旧見付学校を外から見る。石垣の丸い石がいい。こういう石が積み重なったのは好き。

それから、ジュビロードという道を歩いて6時に磐田に到着。今日は３８００歩ぐらい歩いた。私の万歩計はどうやら壊れたようでカウントされなくなっていたので他の人たちの平均で。

街中のマンホールや歩道のタイルもトンボ模様。

磐田駅は風情のある感じのいい建物だった。


私だけ違うホテルにチェックインして、みんなのホテルのロビーで待ち合わせ。私のビジネスホテルは本当に薄暗く息苦しいような、ひとりで泊まるのは恐いようなホテルだった。ロビーもないし。受付でベルを押して人を呼ぶ仕組みで。荷物を置いてすぐみんなのホテルに向かった。逃げるように。

みんなのホテルは……、聞けば５４００円で私のと９００円しか違わないのに、とてもキラキラキラキラしていた。ロビーの床は大理石みたいで、天井の照明はシャンデリアのようで、明るく白い美しさ。宿泊者には無料でワインやビール、おつまみがふるまわれている。

私は寂しい気持ちでソファに小さく腰かけて、みんなが明るく華やかな様子で飲み物を飲む

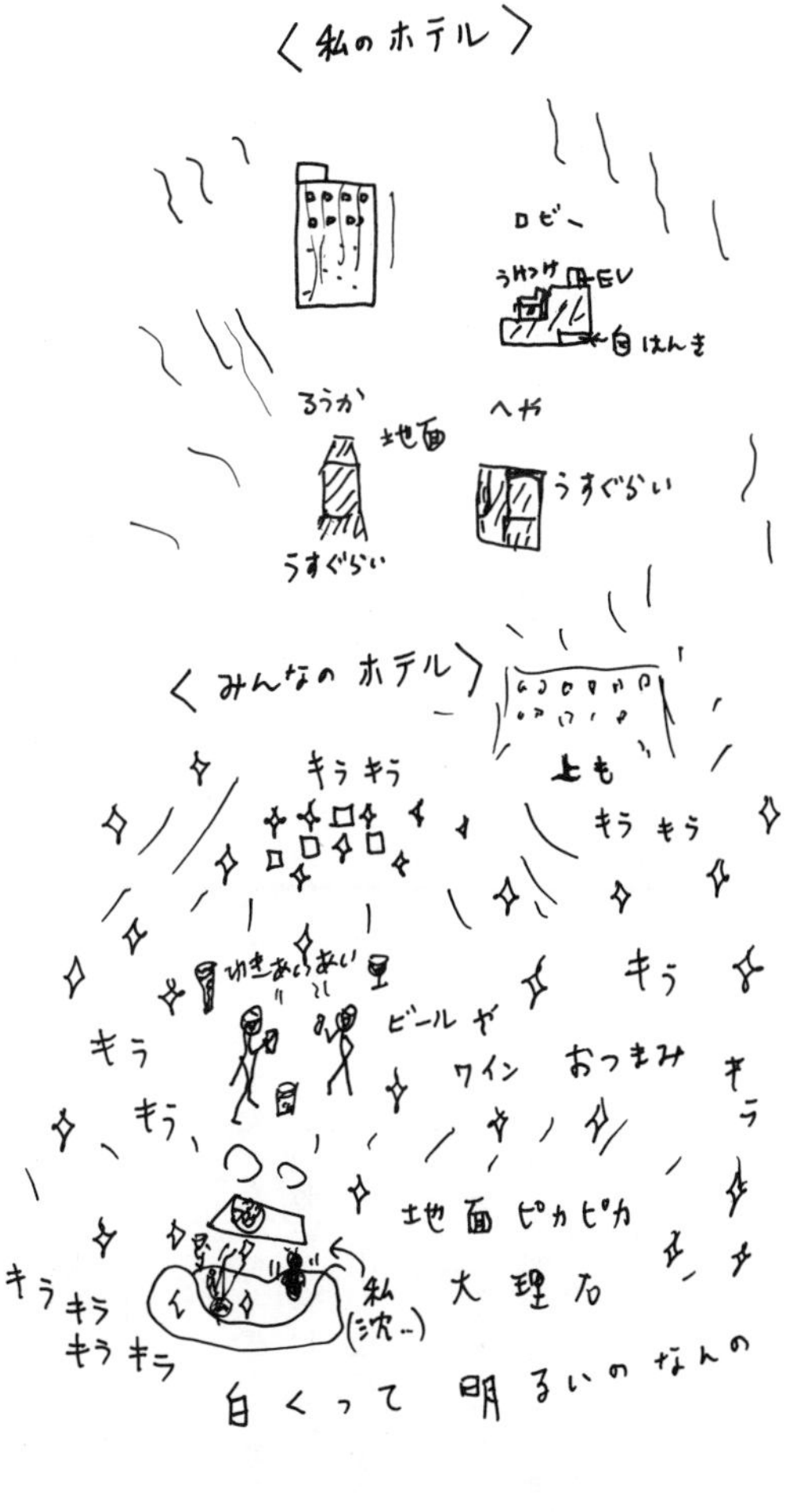
〈私のホテル〉
ロビー
うけつけ
EV
自はんき
ろうか
地面
へや
うすぐらい
うすぐらい
〈みんなのホテル〉
キラキラ
上も
キラキラ
わきあいあい
キラ
ビールや
ワイン　おつまみ
キラ
キラ
キラ
地面ピカピカ
大理石
私
(沈…)
キラキラ
キラキラ
キラキラ
白くって　明るいのなんの

のを黙って見守る。

……悲しい。華やかなみんなが羨ましい。華やかな人生を満喫するみんな。あの有馬くんというぼうようとした男性編集者に「部屋、代われ」と言ってみたけど、菊地さんとふたりで華やかなシャンデリアの明かりを背に、キラキラとした逆光の中で静かに笑っているだけだった。

それからご飯を食べに行った。薦められた居酒屋さんがいっぱいだったのでその前のホルモン焼き屋に。ビールを飲みながら、炭火でホルモンを焼いて和気あいあいと楽しく食べる。私はそのあと近くでマッサージを予約していたので名残惜しかったけど途中で抜けてマッサージを受けに行った。店は薄暗く、だれもお客さんがいない。シーンとしてる。さっきまでのホルモン焼き屋が懐かしい。もっと飲んでいたかった。みんな今頃楽しく飲んでるの？施術者も静かな暗い感じの人で、テレビからは地震の特番が流れ、ずっと地震の話を聞きながら1時間マッサージを受ける。静かだけど悪い人ではないようだった。いい人だった。体がほぐれたのかどうなのかよくわからないまま、またあの恐いようなビジネスホテルに帰り、本を読みながら早めに休む。逃げるように。

夜中に一度目が覚めて、そのあと3時半にまた目が覚める。もう眠れないと思ったので思い切って起きる。

5時に出発予定なので、キラキラしたホテルにそれまでに行けばいいのだけど、もうこの息苦しい部屋にいたくなかったので、今度は本当に逃げて、4時半に行ったらだれもいなかった。ロビーは暗く、ホテルの受付の人だけがいた。暗いロビーのソファに座ってじっと待つ。菊地さんが4時45分に来てくれた。よかった。私が早く来てるだろうと思って早めに来てくれたのだそう。よくわかったね。

有馬くんも降りてきて、3人でポツポツしゃべる。このあいだのお茶畑での虫くんに関する私たちの会話を虫くんに伝えたところ（今度虫くんちまで歩いて行こうという計画のメールのやりとりで、『夜だから日焼けしないからいいでしょ』と書いたら、『日焼けは気にしません』というので、『あれ？　でも……』と詳しく話したら）、虫くんの意に染まなかったようで、有馬くん、「あんまり話さないでくれないかな」と運転している虫くんから、車の中で怒られたそう。「怒られちゃいました……」とぼんやりと語る。菊地さんからナルシストと言われたことも気に入らなかったみたいで、「違うのかな？」と菊地さんが言うので、私も考えて、「うーん。本当のナルシストは、自分のことが好きだから、好きな自分が自分のためにすることを人から何と言われても気にしないと思うから、ナルシストではなく、ただの、気にし屋さんじゃない？」。

全員集まったので、駅前のコンビニでおにぎりなどを買って5時15分に出発。今日のルートもあまり見どころはなさそう……。

途中、私のホテルの前を通ったので「あれだよ」と菊地さんに教えたら、「あれが銀色さんのホテルだって！」と他の人たちに教えていた。早く遠ざかりたい。

歩きながらお赤飯と鮭のおにぎりを食べ、「ペットのサイトウ」というかわいい看板を見て、天竜川を渡り、しばらく行ったところにガストがあったので、8時半にそこで休憩する。レモンジュースとカプチーノとフレンチトーストを食べる。藤田さんはパンケーキにメープルシロップと小倉あんと生クリームをのせて「幸せ〜」と言っていた。

そして10時半にはもう浜松駅前の本陣跡に着いてしまった。今日の歩きはここで終了。16キロぐらいで、23000歩。

次は3週間後。今度は浜名湖を渡る。私はできれば時間の都合のつく限り、京都まで一緒に行きたいと思うようになった。

第10回東海道ウォーク
6月30日（土）　浜松宿〜舞阪宿〜新居宿　16・7キロ
7月1日（日）　新居宿〜白須賀宿〜二川《ふたがわ》宿〜吉田宿　18・3キロ

来ました、3週間後の今日が。

前回の続き、浜松駅から吉田宿（豊橋駅）までの35キロの予定。

あれからまたアウトドア用品を買い足した私。

新幹線に乗り、浜松駅で待ち合わせ。今回は人数が多く全部で10名。

9時に駅前からスタート。「出世大名　家康くん」という植物でできたオブジェの前でにっこりしてから出発。

松並木を通り、途中マクドナルドで休憩しながら、舞阪宿までひたすら歩く。この区間、見どころはあまりなかった。

編集の石垣さんと歩きながら、ぽつぽつ話す。

「人生って、ウォーキングみたいですよね……」と石垣さんが言う。「途中急いだりすることはあっても、結局は自分のペースで進むしかなくて、自分の歩き方で自分の速さで歩く……自分の道を……」

「たまに道を間違えたりね」

「はい。……だから多くの人が、特に歳をとってから、ウォーキングを好きになるのかもしれませんね」

人生を味わうように？

丸く刈り込まれた木を見つけてほほえましく眺め、1時、舞阪宿到着。舞阪宿脇本陣、見学。お殿様のおトイレ（雪隠《せっちん》）など見る。

それからお昼。うな丼。「つるや」。

しみじみとおいしかった……。割り箸の袋のイラストもかわいく。

ここから先は浜名湖が見える。湖の中の赤い鳥居が印象的。弁天橋を渡り、リゾートっぽいホテルの前で海水浴をしている日に焼けた子どもたちを見ながら進む。暑い。

編集の有馬くんに、西浜名橋で浜名湖を背に写真を撮ってもらう。そのまま、歩きながら話す。このあいだは、有馬くんの名前を間違って「有田くん、有田くん」と呼んでいたけど、もうわかった。有馬くんだ。有馬くんは馬に似てるから馬、って覚えよう。

「有馬くんは馬に似てるよね」顔が馬に似てるから馬、って覚えよう。

「よく言われます」

「名前に馬がついてるからかな……。名前を知らない人からも馬に似てるっていわれたことある？」

「あります」

「あるの？　じゃあ、本当に似てるんだね。なにか馬に関係あるの？」

「いや……、ないですね……」

　などと楽しく。


　しばらくすると、新居宿に着いた。新居関跡を見学する。関所の建物が残っているのはここだけらしい。面番所の役人の人形と一緒に記念写真。資料館のおばちゃんがペラペラしゃべり出したので、そこをさっと出て次の旅籠紀伊国屋へ移動する。水琴窟の音を聞いたりしてから、近くのお女郎屋さんへ行く。そこでおじさんからいろいろ説明を聞いた。壁に一番人気の女性の写真などが貼ってあった。飾り棚の中に小さな小さなお人形たちがいっぱい並んでいて、その中の気になるかわいいものの写真を撮らせてもらう。尾の長い鳥、まるみのあるおじいさん。

　次に、あとひき煎餅《せんべい》というおせんべい屋さんに入った。おせんべいがケースに入っていて、ざくざくと量り売り。素朴な感じだった。

今日はここまで。

この街にはホテルはないそうなので、隣の鷲津駅まで電車で移動する。最初に予約しようとした駅前のホテルがいっぱいだったそうで、ちょっと歩く別のホテルへ。すると、そのホテルは新しくてきれいで素晴らしいホテルだった。5200円なのに。部屋を見て、設備も最新で、今まででいちばんいいとみんなニコニコ顔。食事処までバスまで出して下さって、有難く、おいしく、うれしい夜だった。

明日は4時半出発。今日は約36000歩ほど歩いた。

4時に起きたらまだ真っ暗。準備しているうちにだんだんと明けてきた。なんと今日は、雨。折りたたみ傘しか持ってきてない。この前は雨に備えてカッパの上下を持ってきていたけど、今回は大丈夫かなと思って。

タクシーで昨日の最後の場所近くのコンビニへと移動し、そこで朝食用のおにぎりやサンドイッチを買う。私は食べやすい、味の均一なお赤飯や炒飯おにぎり。それとえびカツサンド。

歩き始めたのが5時半頃だった。

傘をさして歩く。この前まで私は雨の中を歩くのは大嫌いだったけど、5月のこのウォークに参加してからは大丈夫になった。それから、足がかゆくもならないし、気も滅入《めい》らない。雨の中、ひたすらテクテク歩く。道路脇の畑で大きな大根がたくさんにょきにょき土の中から出ているのがおもしろかった。後ろで藤田さんと男の人（香山さん）が好きなＡＫＢについていろいろと熱心に語りあっている。

潮見坂というところから海が見えたけど空と同じ灰色で、ところどころ白く波が立つのを見て初めてそこが海だと気づくほど。

白須賀宿には昔の面影を残す民家がたくさんあって感じがよかった。見ざる言わざる聞かざるの置物が飾ってある神社みたいなのがあって、その猿が印象的だった。とても恐い感じがした。壊れていて。

雨の中を延々と歩きながら、漫画家でインタビュアーで占い師のまついなつきさんと話す。まついさんは聞き上手で、私は話すのがとても楽しかった。インタビューもこういうふうに、相手の心から湧き出る泉から流れる小川を一緒に歩いてさかのぼり、その心の奥の源泉にたどり着くようなものでなければいけないと思った。私が最後にたどり着いた言葉は、「私は人が好きなことをしているのを見るのが好きなんです」だった。その言葉を言った時、まついさんは「それですよ！」と大きくうなずいてくれて、私は目の前がぱあっと明るくなった。

静岡県と愛知県の境目にある境川を渡る。静岡県がとても長かったそうで、ついに違う県に入ったと菊地さんはとてもうれしそうだった。境川を境目の標識と共に写す。境川は小さな用水路のような川だった。

雨がだんだん強くなり、靴がびしょぬれ。大きな傘を買ってくるという菊地さんたちを待つために、途中のコインランドリーでしばらく休憩する。すごい雨。

遅れていたみんなをそこで待って、かなりの雨の中をまた進む。

前を歩く有馬くんの背中を見ると、バックパックのファスナーが開いてて中に雨が降り込んでる。

「有馬くん。開いてるよ」

振り返って確かめた有馬くんは「開いてたなんて」と驚いていた。

やがて二川宿に着いた。大名の宿である二川宿本陣や庶民の宿の旅籠屋、資料館がある。庶民の旅籠屋の土間でまた人形相手に記念写真。資料館では駕籠《かご》に腰掛ける。

ふたたび黙々と、ひたすら歩いて、2時半に本日の終点、豊橋駅近くにある吉田宿の本陣跡に到着。9時間ほどかかった。そのあと駅のカフェで休憩した時、あまりのくたくたさにまついさんが「部活あとみたい」と言ったのでホントホントと思った。

それから豊橋名物カレーうどんをみんなで食べたのだけど、そのお店を出てすぐだれかが「あー、まずかった！」と言ったので、みんながどっと笑った。みんなそう思っていたのだ。豊橋名物のカレーうどんとは、底にご飯、その上にとろろがかけてあり、その上にカレーうどんがのってる。私はご飯もとろろもないふつうのカレーうどんがよかった。でも、東海道を歩いている人にとその店からいただいたお箸を、今、私は超愛用している。

今日は約40000歩。靴はびしょぬれになって体は疲れたけど、私は雨の中のウォークを経験できて満足だった。雨の中をひたすら歩くというのは、（覚悟している時は）けっこう気持ちがいい。

第11回東海道ウォーク
10月6日（土）　吉田宿〜御油《ごゆ》宿〜赤坂宿（長沢駅）14・4キロ
10月7日（日）（長沢駅）〜藤川宿〜岡崎宿　12・9キロ

前回のウォークから3ヵ月。ひさしぶり……。
みなさんにお会いするのもひさしぶり。

今回は、主役の書評家、藤田さんと杉江さん、幻冬舎の編集者、菊地さんと石垣さん（有馬くんは今日は欠席）、香山さんと私の、計6名という基本メンバー。

香山さんは、この東海道ウォークの最初の頃ずっと一緒に歩いていたそうなのですが、途中、首の関節？　を患ってしばらく離脱。で、前回から復活された。お仕事は、編集の人が何か言ってたけど忘れた。おだやかで落ち着いた、先生のような雰囲気の男性。

早朝、6時34分、品川駅から私は「ひかり501号」に乗車予定。

しばらくあいだがあいたので、すっかりいろいろなことを忘れ、あやうく品川までの山手線に乗り遅れそうになって走った！

あわてた〜。苦しい。もういやだ。次からは余裕を持って行動したい。

豊橋駅に7時58分着。そこでみなさんと合流する。

なつかしい。

胸の中に熱いマグマを持っている、かわいらしい藤田さん。森の動物のようなでっかい杉江さん。淡々とした菊地さん。髪の毛がくせ毛でベルばらのような石垣さん。おだやかな香山さん。おはようございます。

豊橋駅を8時半に出発。

今回の行程、あまり見どころはないらしい。途中、足もとのマンホール（お城と花火の豊橋）などに興味を惹かれつつ、ひたすら歩く。

9時15分。瓜郷《うりごう》遺跡というところに到着。弥生時代中期から古墳時代前期にかけての集落の跡。ホームレスが住み着いて、火を出して焼けたことがあるそう。

10時30分。小坂井。モーニング街道と書いてある。みんなと、サンドイッチや甘い物の話を夢中でする。

そして12時。国府駅の近くのおうどん屋さん「満留賀《まるか》」にて昼食。カキ入り味噌煮込みうどんを食べる。

わーい。味噌煮込みうどんは、あんまり食べたことがない。色を見たら味が濃そうだったけど、そんなに濃くなくあっさりとして、だしが効いていておいしかった。おいしかったので、おつゆもたくさん飲んだ。

連休のせいか人が多かったので、食べ終わったらそこを出て、近くのマックでお茶飲んで行こうとしたら混んでいたので、前のファーストキッチンに行く。

藤田さんと熱く語る。なんだっけ……、「私は自分が楽しいと思えないことはしないことにした。本当に楽しいと思えることだけする。本当に楽しいと思える人とだけ会う」などなど。

それから、御油宿へ。

川沿いの松並木資料館も見る。近くに豊川稲荷があることからいなり寿司が名物らしく、豊川いなり寿司のチラシが置いてあり、いなり寿司好きの私は飛びついてじっと見た。さまざまないなり寿司が載ってる。102店舗も。

私の好きないなり寿司は、じっくりと油揚げに味が沁《し》みこんだやつ。乾いてなくてしっとり。中のご飯にもひとくふうされたおいしい具が入っててほしい。油揚げが裏返しになっているのも好き。松並木資料館のおばちゃんが、「豊川稲荷の真ん前においしいところがひとつある」と言っていた。

そして、御油の松並木。松がこんなに残ってるのはあんまりないとか。でももう、松も見飽きた気分。

そこを出たらすぐ、赤坂宿。

関川神社には樹齢800年のクスノキがあり、その前で写真を撮る。

旅籠「大橋屋」は広重の浮世絵にも描かれた老舗なのだとか。入り口の提灯も年季が入った代物《しろもの》で真っ黒になっていた。今でも旅館として営業されているのだそう。2階の一室は松尾芭蕉も泊まった部屋だったらしいが、その時は知らず、ただくるりと見てまわっただけなので惜しいことした。もっとしみじみとすればよかった。

土間で何かおみやげ物を売っていたので見に行く。

おせんべい……。なんだろう。じっと見て、隣にいた香山さんに「これ、なんでしょう」と聞く。「〇〇せんべいって書いてありますよ」「どんな絵が描いてあるんでしょうか……」とおせんべいに描かれた絵を見る。ああ～、ふむふむ。香山さんとそのおせんべいの食べ方について裏の説明を見ながらちょっと話す。

そこを出てしばらく行くと、杉森八幡社というところがあり、そこには樹齢1000年を超えるクスノキがあった。2本並んでいて、夫婦楠《めおとぐす》と呼ばれているとか。こういうのって、いつも夫婦だ。なんでだろう。

赤坂町から、長沢町へ。

てくてく。なおも歩き続ける。道路の脇に彼岸花が咲いている。秋だわ。

菊地さんに「私って、ちょっと天然？」と聞いてみた。

するとすぐ、「天然ですよ」との答え。

やっぱり……。最近、ちょっとそうかもと思っていたので。そうか……。

軒下に、絵が描かれたたくさんの石のある家もあった。クワガタや花火の絵。なんだろうここ。


今日の終点は長沢駅。3時30分に到着。無人駅。あまり電車の本数がなさそう。次は何時かなと見たら、32分。2分後！　30分に1本しかないので、これは乗りたい！　と思い、菊地さんが大急ぎでみんなの分の切符を買ってるあいだ、「先に行って、電車、止めとくね！」と駆け上がる私。

大丈夫だった。ちょうどよくみんな乗れて、たいへんにラッキー。私も気分が上がった。

この駅周辺には泊まるところがないので、この先の東岡崎まで行って、そこで宿泊。


東岡崎駅近くのスーパーホテルまで歩く。こういうことでもなかったら決して来ないだろう街をとことこ歩くことにおもしろさを感じ、うきうきしてきた。橋を渡り、見えてきたスーパーホテル。ドーン。まるで立体駐車場のような外観。

でもきれいで新しく合理的でお手頃価格で、このような旅行にピッタリの快適なホテルだと思った。チェックアウトもそのまま何も言わなくてもＯＫだし。

ロビーに並べてある枕を持って行ってよくて、「お部屋にもともとある枕はどんなのですか？」とホテルの方に聞いたら、「硬くて高いです」との答え。どうして中ぐらいの高さで中ぐらいの硬さにしなかったのだろうと、ちょっと笑えた。

女性は5点まで、どれでも持って行っていいというアメニティのコーナーもあり、私は髪のリボンゴム2個と足と顔のリラックスマスク（あと1個忘れた）をもらった。

それからいつものようにみんなでスーパー銭湯へ。歩いて行けるところになかったのでタクシーに分乗して出発。露天風呂に入ったり……でもそれほど長湯しないで1時間ほどで出て、食事処で夕食。結構みんな寝不足で（藤田さんは1時間ぐらいしか寝てないらしい）、疲れて、眠そう。私も眠くてぼんやり。売店で売っていた手作りいちじくゼリーをデザートに食べてから帰る。

明日の朝は4時30分に出発。眠れたらいいけど……。

次の朝。結局、夜中に目が覚めてしばらく寝つけず、睡眠時間は4～5時間ほど。でも、寝不足でも歩けることがわかったので心理的な不安はない。コンビニでおにぎりを買って、電車で昨日の駅まで戻る。

5時50分、ウォーキング開始。

町の家々の玄関さきには、お祭りがあるようでかわいらしい朝顔の飾り物が飾ってある。串団子みたいに連なった朝顔の棒が、どの家にも3本ずつ。

7時、法蔵寺に到着。徳川家康が手習いした紙をかけたという松、松平一族の墓、新撰組隊長の近藤勇の首塚がある。「江戸板橋で処刑されて、京都でさらされた近藤の首を同志が盗みだして、ここに葬ったが、その後また盗まれて不明」なのだとか。墓碑と胸像が木々の中にあった。近藤勇の像の目から雨の沁みみたいなのが垂れていて泣いてるみたいに見えた。悲しいムードだったので、「よしよし、大変だったね。でももうすんだよ」というような気持ちで、満面の笑みでその胸像と共に記念写真。

その後もひたすら歩いて、9時20分に藤川宿資料館へ。無人だった。

私が常々、「黒いおっぱい」と呼んでいる門の扉の金具があったので写真を撮る。藤田さんが横にいたので、「これ、黒いおっぱい」と教える。

松並木を通って、10時30分、デニーズで休憩する。サンドイッチとフレンチトーストを注文してみんなで分ける。

そしてまた出発。大岡越前守陣屋跡では「青銅色のおっぱい」があり、藤田さんがすかさ

トンボの幼虫

ひっつく植物

お酒のビンの中にちょうちょが

カミキリ虫の標本

旧見付学校

マンホールにもトンボ

磐田駅夕景

私の好きな石の重なり

歩道のタイルにもトンボ。

ホルモン焼き屋でビール

天竜川を渡ります

かわいらしい看板

浜松駅前

カプチーノとフレンチトーストで休憩

丸い木

また松並木

雪隠

舞阪宿脇本陣見学

脇本陣正面。みんなのろのろと移動

まっ黒に日焼けした子どもたち

うな丼

面番所の役人人形と。

西浜名橋で。暑い。

水琴窟

新居関跡

尾の長い鳥やおじいさんの置き物

潮見坂から海を見る

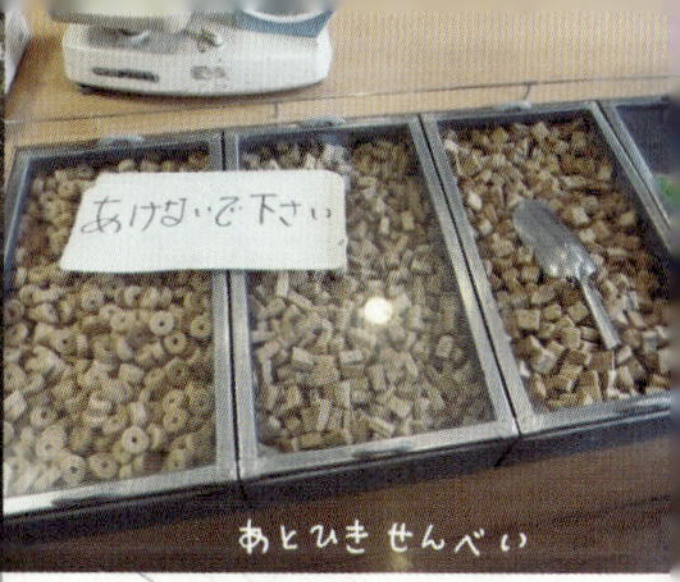
あけないで下さい
あとひきせんべい

ちょっとこわい 見ざる言わざる聞かざる

アジサイがきれいだった

言わざる、聞かざる

後ろ姿

静岡県と愛知県の境目にある境川

そのさるの神社で休憩

カゴにのる

二川宿　大名行列の模型

また人形相手に寸劇。「ねえ、あんた」

名物のカレーうどん

松、いい感じ。

うりごう遺跡

お城と花火のマンホール

みそ煮込みうどん

いつもこんなふうに
コンビニ前で休憩

夫婦クスノキに見入るみんな

味のあるかんばん

御油の松並木

彼岸花

大橋屋（旅館）

ちょうど乗れた電車、ラッキー。

杉江さん

香山さん

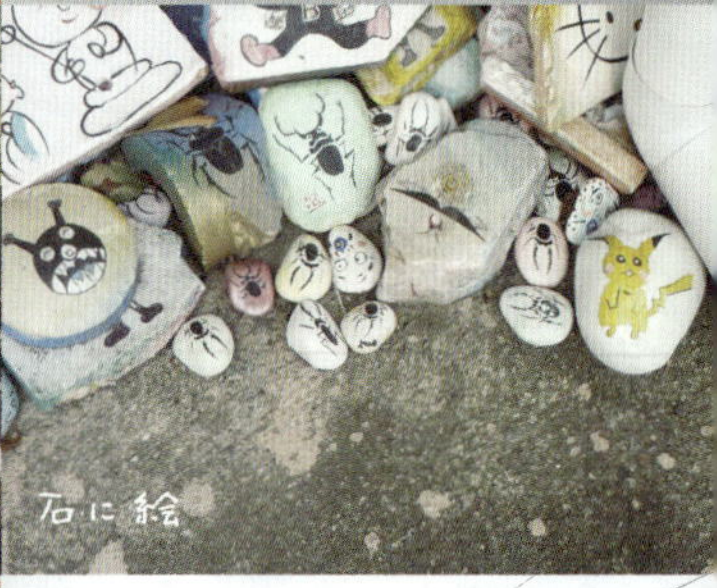

石に絵

石垣さん

私

早朝の電車でお赤飯おにぎり

ドーン！

何か撮ってる藤田さん

朝顔の飾り物

泣いてるような近藤勇の胸像と、
「もうすんだから、笑って笑って」という気持ちで。

また松並木

黒いおっぱい

ティールーム　コロンボ

青銅色のおっぱい

こんにゃくの みそ田楽、おいしかっ

家康館で

カブトをつけて記念写真

牛すじ串もおいしかった

ひょうたんやの前で、こんにゃくと。

ミソカツ やわらかい

カクキューの みそ倉

マンホールが みずすまし

カラごと食べる ゆでうずらの卵の串

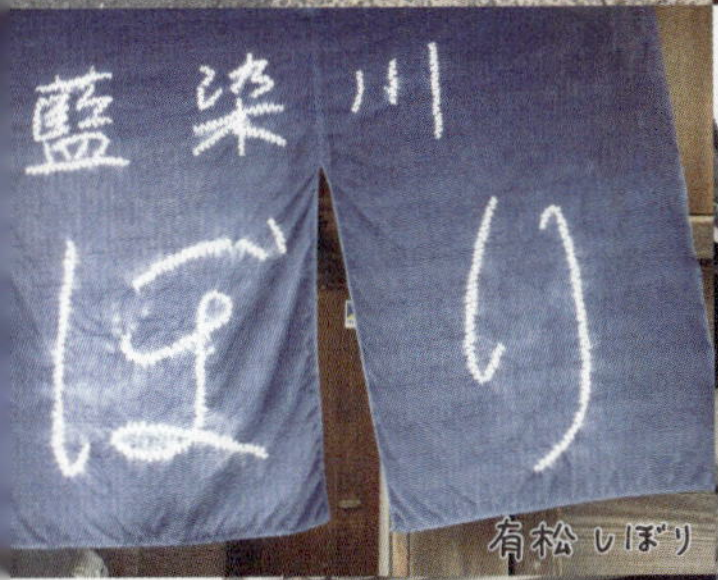

有松しぼり

有松の 街並み、ステキ

お店の上にも、バラ模様

こんなふう

永安寺「雲竜の松」にて、この写真が好き、なぜだか

この街並みも風情あります

バーバーワタナベ

誓願寺の犬、2匹、よく吠えた

キンモクセイ、いい匂い

人気の「蓬莱軒」のひつまぶし

七里の渡し場跡で、雨も降ってきました。

お部屋もステキ

富士屋ホテルの紅葉

次の日、山歩き。しっとりときれい。

桑名の渡し場跡、9時7分出発！のみんな。

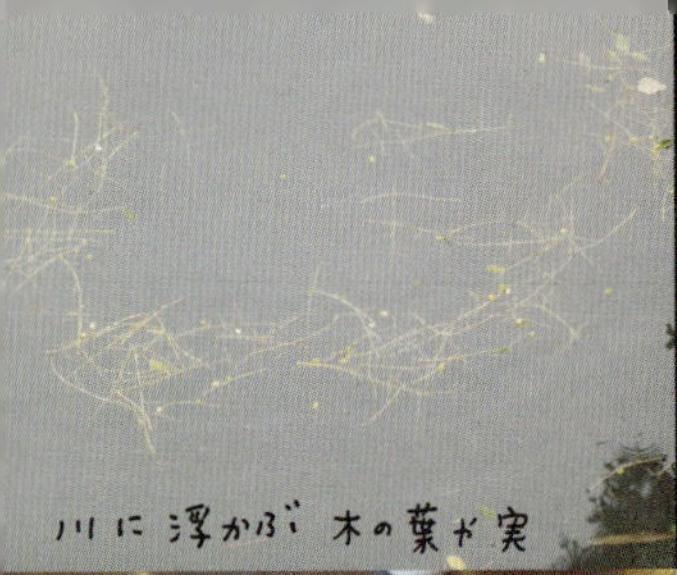

川に浮かぶ 木の葉か実

私も 記念写真

カレーうどん

なんともかわいい

菊などきれい

四日市、遠くに工場、晴れてきた

なが餅

ず指で示して教えてくれた。「先輩、ここにもありまっせ」という感じだった。よし！

大平一里塚を見て、またひたすら歩く……。

「東海道、歩いてる人、見かけないね……」と隣にいた菊地さんに言ったら、「きのう、いたじゃないですか。大橋屋に男の人が。銀色さん、話してましたよね？」

「……。え？　あれ、香山さんじゃなかったの？」

「違いますよ。見ず知らずの人とやけに親しげに話してるから、もしかして香山さんと間違ってるんじゃないかなって石垣さんと言ってたんですよ」

「間違ってた……。知らない人だったの……。そうか。あんなに自然にね。ということはさあ、普通に話せば、見ず知らずの人ともあんなふうに自然に話せるんだね！」

相手の男の人も、私があまりにも自然だったからか、まったく驚くでもなく普通に話してくれた。う一ん。私がもし知らない人だと身構えたら、あの雰囲気は出せなかっただろう。ああいうふうに自然に人に接したら、相手は驚くヒマもなくこっちの自然さにのみこまれて自然になっちゃうのかも、これは大きな発見だった。

寝不足のせいかふらふらする。みんなもぼーっとしてる。

石垣さんに「頭を強く左右に振るとふらっとするんだけど」と言ったら、「ダメです、ダメです。できるだけ水平に私は移動するようにしています！」と石垣さんも同じみたいだった。

12時半に岡崎宿に到着。かわいい文字のティールーム「コロンボ」の前を通り、駅へ。帰りに家で作る味噌煮込みうどんセットといなり寿司を買った。

ひさしぶりだったので、足慣らしというような感じだった。でも、歩けてよかった。

第12回東海道ウォーク
10月27日（土）　岡崎宿〜知立《ちりゅう》宿　14・9キロ
10月28日（日）　知立宿〜鳴海宿〜宮宿　17・5キロ

ひさしぶりに有馬くん参加。校正の阿部さんも1日目だけ参加。

6時34分に品川から、いつもの「ひかり501号」に乗って豊橋に7時58分に到着。そこから東岡崎に移動して、9時、前回の最終地点からウォーキング開始。

金木犀《きんもくせい》が満開で、家々の庭からいい匂い……。

まず、岡崎城の三河武士のやかた（家康館）へ。

入り口にあった顔はめパネルで記念写真。葵の御紋の前で、パチリ。

中に入って、いろいろツーッと見る。私は歴史にはあまり興味がなく、兜をつけて記念写真を撮れるコーナーがあったので、そこで記念写真をパチリ。

じっくりと見ている人もいる中、私はそそくさと出て茶店でひと休み。お腹が空いていたので、こんにゃくの味噌田楽を食べる。こんにゃくが柔らかくておいしかった。それを食べてもまだ空腹だったので、次は牛すじ串を食べる。さっきとちょっと違う味噌だれだった。どちらもこってりとした味。それでもまだお腹が空いていたので、牛すじ串をもう1本食べる。おいしいー。

それから味噌倉「カクキュー」へ。今日は味噌倉まつりとかで、なにか催し物をやっていた。味噌倉や昔の樽などを見学して最後に売店で味噌だれとフリーズドライの赤だし味噌汁を買う。八丁味噌ソフトクリームが思いのほかおいしかった。

午前中はそのようにして観光気分でめぐり、お昼頃通りかかったお店で昼食。

「ミソカツ」

ここのミソカツは柔らかくてふんわりとしていた。味噌は甘め。

食後はひたすら歩く。阿部さんに校正のことについていろいろ質問し、参考になる。

途中、永安寺の「雲竜の松」という低く地を這うように広がった大きな松の木を見学する。ここで松と撮った写真が好きだった。

そしてまたひたすら歩いて4時10分、本日の終点、知立へ到着。ホテルにチェックインしてホテルの温泉に入り、6時に待ち合わせて夕食。駅前まで15分歩く。歩くのはもう平気だから、どこまででも歩きますよ。

空いていた焼き鳥屋さんへ。そこで珍しかったのはうずらの卵の殻つきの串。そのまま食べるのだそう。食べてみたけどおいしくはなかった。薄い殻がバリバリとして。

8時頃店を出る。駅前にミスドがあって、そこへ数人引き寄せられるように入る。私もフト気づくとドーナツを4個も買っていた。香山さんも買っていた。

土曜日の夜。駅前は賑やか。女性も男性もグループが多く、酔っぱらって大声でしゃべってる男性もいて、ひさびさに酔っぱらいを見た。

2日目。

5時出発。眠い。ゆうべは夜中、1時間ごとに目が覚めたけど、すぐに眠れた。

コンビニで朝食のおにぎりを買って、そこで食べ、ひたすら歩く。

3時間後の8時15分、モスバーガーで休憩。お腹すいたのでハンバーガーを食べた。

桶狭間《おけはざま》古戦場跡の公園へ立ち寄る。そこでボランティアのおじさんにもらった豊明のパンフレットのグルメ紹介ページの料理の写真が地味な色でおもしろく（どこも光ってなくて）、「これほどまでにおいしそうじゃないパンフレットを初めて見ました」と、香山さんとしばらくそのグルメ写真を見て語り合う。

香山さんという人はおだやかそうな静かなおじさんで、この方もなにか書いたりするお仕事のようだけどよく知らない。なので聞いてみた。

「香山さんのお仕事は何なんですか？」

「僕は書評を書いてます。ミステリーとかの……」

「はあ〜。私、ミステリーだったら心理サスペンスが好きです」

「僕はハードボイルドとか推理ものが好きですね」

香山さんはいつも目立たず穏やかで、マイペースで歩きつつ、みんなの様子も見守ってる感じで、道を間違えそうになるとさりげなく教えてくれたりする心の安定した方。歩くのが好きそう。

書評家さんなので、「猟奇殺人や連続殺人とかじゃなくて、日本じゃなくて外国ので（日本のは読後感が暗くなるのが多いので）、心理的なものでおすすめ、ありますか？　日常の中に潜む狂気みたいな、平凡な人の心の奥の意外な闇みたいな。1行目から独特の雰囲気があるようなのが好きです」と聞いてみた。歩きながら後ろでなにやら杉江さんとあれこれ話し合ってくれてる。「〇〇とか、いいんじゃないかと思います」と香山さんが言ってくれたけど覚えられなかった。

9時半頃、有松絞《ありまつしぼり》の産地、有松へ。この街並みは素敵だった。古い商家が残る家並み。有馬くんは有松・鳴海絞会館で有松絞シャツを買っていた。それはよく似合っていた。試着した姿を見て、みんなも「よく似合う似合う」と大絶賛だった。ありま、とありまつ、字が似ているからか（さっそく次の日、会社に着て行ったそう）。「私たちと会う時は、必ずそれ、着て来てね」とお願いしたけど、うん、とは言ってくれなかった。

私も、ちょっといいなと思うTシャツがあって買いかけてやめたけど、買えばよかったかも。

のれんなどにも有松絞で字が染め抜かれていていい感じ。

マンホールがみずすましの絵柄で、とてもかわいらしかった。

バーバーワタナベ前を通り、10時45分、鳴海の誓願寺で休憩。犬が2匹、よく吠えていた。ここで杉江さんの親戚の方がゆで卵をいっぱいゆでて持ってきてくださった。私も1個いただく。

笠寺一里塚を見て、またひたすら歩いて、1時30分、終点「宮の渡し公園」に到着。桑名への七里の渡し場跡で、記念写真。

雨がポツポツ降って来た。

ここまで来たからにはと、けっこう待って、人気の「蓬莱軒」でひつまぶしを食べる。おいしい。でも、疲れすぎてみんな言葉少な。

今日はみんなとても疲れたようでぼんやりしている。私もとても疲れてる。うなぎを食べていることさえ気づかないほど、みんなぼんやりしているように見える。ぼんやりと漂うように駅へと移動。

有馬くんも初めて足が痛くなったと言いながら駅で足をストレッチしていた。名古屋駅まで地下鉄に乗って行き、新幹線に乗って帰る。

本当に疲れていたらしく、ずっと寝ていた。２日目の距離が長かったからこんなに疲れたのか、理由はわからない。

東海道ウォーク　番外編　11月17日（土）～18日（日）

実は今日から19日まで、２泊３日で箱根越えの予定だったのですが、予定変更になり、中止となりかけたところ、下見に女子だけで行くという案が出たので、私も行かせてもらいました。書評家の藤田さん、編集の菊地さん＆石垣さん、私の４人。
午前９時34分、品川発の新幹線で小田原へ。行楽シーズンで小田急ロマンスカーは満席らしい。

けれども、ああ……。新幹線で逆向きに乗っちゃうほど悲しいことってないね……。山手線じゃなく、新幹線で。
電光掲示板を出発時刻で探したら、ちょうど同じ時間に東京行きがあったとは知らず、いつもとは違う側のホームなんだな……、やはり番外編だからホームもいつもとは違うわ……

と思いながら階段を降りた。いつものように時間ぎりぎりでなく、20分も前に早々と到着して、ベンチに座って待つ。「やけに人がいないな。今日は」と思う。待ってる人がひとりしかいない。そして、20分待って、新幹線が到着した。すると、いつになくたくさんの人が降りてきた。東京から乗って品川で降りる人って今までそんなにいなかったから、ちょっと驚いたけど、降りる人を待って、乗り込む。乗り込んだのは私ひとり。

車内がなんとなく薄暗く感じた。椅子に座って、じっとしていたらアナウンスが、「次は東京～東京～」。

ハッ！　反対だ！

ここで初めて気づいた私は、ドアを振り返った。まだ閉まってない！

あわてて立ち上がり、爆発的にドアから飛び出す。よかった。降りられた……。ホッとする。次は、反対側のホームへ急がないと！

トコトコ階段を駆け上がり、移動し、トコトコ階段を駆け下りると、ちょうど発車する新幹線が、横を滑るように音もなく出て行った……。ガクリ……。

動揺したまま、掲示板を見上げる。小田原に停車するのが6分後にあった。それで追いかけよう。すぐに菊地さんにメールする。

なぜこんなことになってしまったのだろう……と深く考え、動揺したまま、6分後の新幹線に乗って、座席にゆらりと座る。

6分遅れで小田原に到着。ホームで3人が待ってくれていた。いろいろと細かく経過を報告する。みんな「おもしろすぎる……。今までさんざん乗っているのに」と笑っていた。私は、みんな笑ってくれたのでホッとする。

「今日は特別だから新幹線の乗り場も特別なのかと思った」と言う。

さて、小田原で抹茶ラテを飲みながら今日の予定を話し合う。なにしろ、雨。雨の日、東海道の石の階段は、滑るらしい。観光案内所のおじさんもそう言った。滑るよ、って。

どうする？　ちょっと様子だけ見る？　ということでとりあえず箱根湯本まで電車で移動する。箱根湯本に着いたら、雨はますます激しくなってきた。

これは……、ちょっと無理かも……、ということになり、観光でもしようか、そこから箱根登山鉄道で彫刻の森にでも行こうか、ということになる。

紅葉もきれいな時期。週末なので観光客で大賑わい。電車もぎゅうぎゅう。駅員さんも大勢駆り出されて対応にあたっているけど手が回らないほど。あまりにも人が多いので次の電車を見送って、次の次のに乗ることにした。

そしたら座れた。そこからスイッチバックしながらのったらのったら電車は進む。

前の女性たちが大声で職場の不満などをしゃべっているので、私は避難しようと、すかさず音楽を聴く。

彫刻の森駅に着いたけど、いっこうに雨脚は衰えず、薄ら寒い中、傘をさして粛々と美術館へと向かう。たくさんの人々がぞろぞろと葬列のように進んで行く。


雨の中。彫刻をちらりちらりと見ながらピカソ館へ。建物の中に入ると雨が降らないので、それだけでうれしい。そこをつらつらと眺め、丸い陶板に絵を描くのおもしろそう、私もいつかやってみたいなあ……などと思いながら見終える。

そしてまた雨の中、戻る。最後のおみやげ物売り場も建物の中なのでうれしい。

そこでもつるつるっと見る。私の好きなお菓子、観光地にどこにでもあるけど、フロランタンがあったので、じっと見る。船形のウエファースの入れ物の中に、アーモンドの薄切りがぴっしりとカラメルで固められてるやつ。……買わなかったけど、見た。

そこでお昼。さっき通っていた時に見たハンバーグのお店がおいしそうだったのでそこにしようかと思ったら、とても狭くて、いっぱいだった。脂のいい匂いがしていて、雨の日、あたたかく、とても居心地がよさそうだったけど。

向かいのお蕎麦屋にした。あたたかい鴨南そばを注文する。おいしかった。座敷だったし、落ち着いた。よかった。


そしてもう雨だから温泉にでも行こうということになり、そこからバスに乗って小涌園の温泉施設「森の湯」へ。

たくさんのおみやげ物売り場を通って、ズンズン上の階へ上り、ついに着いた。腕のリストバンドでロッカーの鍵も貸タオルや飲み物の精算もできる「帰るまでは何も気にせずどんどんお金使っていいよ」という仕組み。

雨の露天風呂や檜風呂に入ってから、休憩場所でちょっと横になってうとうと。

それからおみやげ物を見て、タクシーでホテルへ。

今日は女子会なのでいつもと違う高級クラシックホテル。「富士屋ホテル」へ。食事に行ったことはあるけど、泊まるのは私は初めて。なので楽しみ〜。


とても素敵なお部屋で優雅な気持ちになる。窓の外には雨に濡れた真っ赤なモミジ。

「晩ご飯はホテル？」と聞いたら、ホテルは高いからって、歩いて10分ぐらいの居酒屋に。雨の中、道に迷って、私がこっちじゃない？　と指差した道はどう見ても細くて薄暗く、人影のない道だったけど、菊地さんが走ってずっと奥まで見に行って、「ないです」と戻って来た。最後はお店に電話して、やっとわかった。

でも、とても安くておいしかったのでよかった。鶏のから揚げや塩焼き、大根サラダ、川エビのから揚げ、シラスおろし、焼きナス、タカナチャーハン、キムチチャーハンなど。

それから雨の中、またホテルまで帰る。

クラシックなバーで一杯飲もうと、しずしずと向かう。

全体的に、大人っぽく茶色く薄暗い。時間が琥珀《こはく》色に凝縮されたような、時間が止まっているような静かな落ち着いたバー。

いいねえ……。

そこで私はフルーツの入ったジュース、隣の石垣さんは卵白を泡立てて、グレープフルーツジュースを使った、きれいな層になっているオリジナルカクテルを注文した。私もそれもいいなと思ったけど、最初はフルーツジュースを飲みたかったので。

あと、なんだかまだ食べられそうな気がしてきて、サンドイッチを一皿注文した。

しばらくしてそれぞれのお酒が来て、私のも来て、それはグラスがわざとぐらぐらゆれるグラスで、そのゆれぐあいを見ていた時、ウェイターさんがとんでもない粗相を！石垣さんの注文したあの卵白入りカクテルを私の真上でひっくり返し、その白い泡もお酒もすべてが私の黒いズボンとシルクのシャツの上にぶちまけられたのだ。

真っ黒いズボンに丸い泡がまるで豹の模様のように等間隔に配置され、私の腕もお酒にずぶ濡れ……。

騒ぎ立てるでもなく、無言の私。

ウェイターさんは、あわてて拭くものを何枚も取りに行き、大慌て。上司もすぐに飛んできて、名刺を出して謝っていた。「クリーニングします」と言われたけど、私はいつもの感じで「いいですよ〜」と言った。でも、あとでよく考えたら、ホテルなんだしクリーニングしてもらったらよかった。その方が向こうも気が楽だろうし。失敗した。ついいつもの貧乏性が出てしまった。でも、そこの飲食代はタダだった。

部屋に帰り、濡れた衣類を着替え、みんなで部屋で飲み直す。明日は、モーニングをゆっくりと食べて、東海道の石畳の下見に行く。今日は一日中雨だったけど、明日は晴れの予報。

次の日。今日は晴れ。朝日がまぶしい！
爽やかな陽射しの射しこむ中、素敵なメインダイニングで朝食。
卵料理と付け合わせのチョイスで、私と石垣さんは迷いに迷った末、チーズオムレツとソーセージ、菊地さんはマッシュルームオムレツとカリカリベーコンにした。藤田さんはパンケーキ。すると、チーズオムレツはプレーンオムレツの上に粉チーズがかかってるだけだったし、ソーセージはボイルだった。私の想像していたものと違った。菊地さんのお皿を見ると、マッシュルームオムレツはオムレツの上にソテーされたキノコとブラウンソースがかかっていて、カリカリベーコンもとてもカリカリしていておいしそうだった。私と石垣さんはそれを見てとても羨ましかった。藤田さんのパンケーキは、見た目が京都の生八つ橋のようだった。

チェックアウトしてバス停で待っているあいだも、オムレツとソーセージのことをぶつぶつつぶやく私。石垣さんも、チーズは中に入っていてとろっと溶けているかと思ったら粉チーズが上にのってるだけだったし、温度もぬるめだったと残念そう。「次はマッシュルームオムレツにしよう」とふたりで誓い合う。

箱根湯本からまたバスで東海道の途中まで行く。

そこから歩いて石段や山道を登る。石がつるつる滑る。

石伝いに川を渡ったり、苔むした石段を上ったりして、けっこう疲れた。

1時間半ほど歩いた見晴し茶屋の手前で、だいたいわかったので今日の下見はこの辺で終わりということになった。

バスに乗って箱根湯本に帰ろう。

バスを待ってるあいだ、お腹すいたねと言って藤田さんが観光パンフレットの中にホテルのランチバイキングの案内を見つけ、ここに行きたいと言い出した。見ると、カレーやビーフシチュー、飲茶など、和洋中、それはそれは素晴らしく豪華そうなのがたくさん。

みんなもお腹すいていたのでそこにしようと決めて、菊地さんが電話入れてみますと言って電話したら、いっぱいだった……。ガックリ。

カレー食べたかったのに……と菊地さん。

しょうがないので、湯本に行ってから探すことにした。箱根湯本について、観光客がいっぱいの駅前通りを進む。お蕎麦屋さんはたくさんある。その中の一軒に入る。人が並んでいて4組目だった。やがて通されて、私はとろろそば膳。生ビールで乾杯したらぐったりと疲れて眠くなる。

イカやチーズ、タコ、桜えび入りかまぼこなどを買って、ロマンスカーで帰る。帰りの車中では爆睡。家に帰ってからも爆睡。一度起きてまたふたたび爆睡。

ずいぶんと疲れたけど、楽しかった……。

第13回東海道ウォーク
12月22日（土）　桑名宿〜四日市宿　12・6キロ
12月23日（日）　四日市宿〜石薬師宿〜庄野宿（加佐登《かさど》駅）　13・4キロ

6時23分品川発「のぞみ3号」で名古屋に7時53分到着。そこでみなさんと合流して近鉄に乗り換えて桑名駅に8時21分到着。

前回の宮から桑名までは、昔は渡し船で七里（七里の渡し）だったそう。今は船はないので桑名の七里の渡場跡まで行って、そこから歩き始める。

9時7分出発。小雨模様の渡場跡で記念写真パチリ。

空は灰色……。

船だまりにたくさんの船がつながれている。東海道五十三次を表した公園を通ってミニ京都の三条大橋まで。川に浮かぶ木の枝や実でできた模様がきれい。

ひたすら歩く。通りぞいのガラスに描かれた絵、これは犬かな？　猫かな？　線がにじんでなんともかわいいが。

やがて空が晴れてきた。晴れる予兆。

1時頃昼食。私はカレーうどん。

そして3時過ぎ、四日市市へ。遠くに工場が立ち並んでいる。

名物、笹井屋の「なが餅」をみんなで1個ずつ食べる。細長く平べったい餅の中につぶあんが入っていておいしかった。するともう四日市駅前に着いた。駅前の公園の噴水の前で到着の記念写真を撮る。3時43分。

そして今日の宿泊場所、三交インへ。ビジネスホテルにも泊まり慣れた。新しいタイプのビジネスホテルは、機能的できれいでとても快適。

そのまますぐにみんなとスーパー銭湯へ。温泉に入って夕食を食べて、そこで私と藤田さんはマッサージを受ける。

私は、足裏と手もみ90分というのにしたら、ちょっと痛かった。こういうのじゃなくて気持ちのいいオイルマッサージみたいなのがよかった。

9時頃帰り、10時前には就寝。とても疲れた。だいたい40000歩。

夜中、時々目が覚めたけど、すぐに眠れた。

朝、5時集合。早い！　まだ外は真っ暗。向かいのコンビニで朝食のおにぎりなどをそれぞれ購入し、店の前でパクパクッと食べ、5時25分に出発。

真っ暗な中を歩く。食べきれなかったおにぎりを歩きながら食べる。菊地さんは洞窟探検家のように、頭につけるライトを点灯している。そこまでしてこんなに朝早くから歩かなくてはいけないのだろうか……。不思議。でももうこれが決まりのようになっているのでだれも文句を言わない。寒くないように防寒対策をしてきたので、寒くはない。帽子、マフラー、手袋、ヒートテック、タイツ、カイロ、腰巻、レッグウォーマー。

黙々と歩いていたら、6時半頃から明るくなってきた。7時半におにぎり屋さんが開いていたので、私は厚焼き卵とみたらし団子を食べる。みんなはあたたかいお味噌汁を飲んでいた。

明るくなると、急に寒くなる。さっきまでは、あの暗がりではそれほど寒くなかったのに。杖つき坂という坂を上り、9時に采女《うねめ》のサークルKで休憩する。宝くじ売り場とカラーコーディネートしたような藤田さん（オレンジ色）。

そしてまた、国道沿いをひたすら歩く（私は黄緑色）。眠い。

疲れたので、前を歩く菊地さんの右の腕に腕を通し、先導してもらう。「楽ちん～」するると藤田さんも菊地さんの左の腕に腕を通し、菊地さんを頭に3人で歩いた。

藤田さんが「もしかすると、男の人の腕に女の人が腕を通すのって、こういう意味もあるのかも！」と言ったので、「そうかもね」としばらくそのことについて話す。

信頼する男性（ここでは菊地さん）の腕に腕を通し、行先もなにも考えずにただついていくことの楽ちんさ、安らかさ、気持ちよさ。

菊地さんも「私も、なんか気持ちいいですよ。頼られてるという感じがして」と言う。

「私……。いつも最初は男性の後ろをついていくんだけど、しばらくしたら前を歩いてる。次につきあう人は、こんなふうに私が何も考えずに頼りきれる人がいい……」と楽しくつぶやいたら、菊地さんが「そんな人はいませんよ」と。

うでをくむって……
いませんよ…
こんで
つきあう人は…
フジタさん
キクチさん
私

10時半。石薬師の石薬師寺に立ち寄る。かわいらしいお地蔵さんがあったので並んで記念写真を撮ったら、にっこり笑ったお地蔵さんの顔の横に小さく香山さんも写っていたので期せずしてスリーショットとなる。

そこから田んぼの中の細い道を歩く。田舎道で感じがいい。道端の草の実やススキがきれい。遠足のような気持ちになる。陽射しがぽかぽかと暖かくて。

トンネルの向こうに小さく見えるみんながいい感じだった。


藤田さんと私は共にいろいろ想像が広がるタイプで、歩きながらふと口に出したことからさまざまな妄想が広がっていき、歩きながら楽しくその妄想をころがすことがある。

たとえば、見知らぬ町をテクテク歩きながら、もしこの町にお嫁に来たら……というのが定番で、この町に住むとしたらどういう条件が重なってそうなっていったかとか、この町に住んでいる自分を想像してつかのまのトリップ感を楽しんだり……、そうすると必ずちょっともの悲しいような気持ちにそのあとなるんだけど、そういうふうにいろいろ想像しながら歩いたりしてて、それがまた始まった。私が、「私は酔うとすごく太っ腹になって、なんでもドーンと来い！　って感じで何も恐くなくなって、人にもおごったり、大きなことを言ったり、でかい約束をしたくなる」と言ったら、藤田さんも、「私は持ってるお金を全部硬貨に替えて、バーッて、そこいらじゅうにばら撒《ま》きたくなる衝動に駆られます」と言った。ふふ。藤田さん、いいね。

そして編集者の石垣さんは細い体でキップよく、今や東海道のことならおまかせ！　の

「番長」と呼ばれている。石垣さんもかなりの（私とは違ったタイプの）妄想家で、いろいろな場面を空想して愉快なセリフが口から飛び出す。そこは藤田さんと気が合うようで、想像の会話が始まるといきいきといつ終わるともなく楽しそう。東海道を歩きながら……。


加佐登駅が今日の終点。11時チョイ過ぎ。

本日はおよそ27000歩。

疲れた〜。

そこから名古屋駅まで1時間ぐらい電車で移動。

名古屋駅のホームでみんなとはぐれたので、そのまま名古屋駅の地下街でお昼にミソカツを食べようと楽しみにして行ったらすごい人で、どこも長蛇の列。なのであきらめておみやげに「なが餅」を買って、新幹線の中でチューハイとチーカマとウズラの煮卵を食べた。


この東海道ウォーク。毎回、歩いている時はそれほど楽しくはないし（時々元気な時にしゃべるのは楽しいけど）、疲れるし、どうして歩いているんだろうと思うし、ただ黙々と歩を進めている、という感じなのだけど、終わって、しばらくたって振り返ると妙に楽しく、幸福だった！　と感じ、また行きたいと思う。

メンバーにもだんだん慣れてきた。藤田さん、杉江さん、菊地さん、石垣さん、有馬くん、香山さん、私、が常連で、一緒にいても気疲れしない。しゃべらなくても気まずくない。

これも何度も一緒に長い距離を歩いてきたからだと思う。私の尊敬するドッグトレーナーのシーザーが、犬同士を調和させるには一緒に散歩させるのがいちばんいいと言っていたけど、人間もそうかも。学校のクラスメイトにちょっと似ている。みんな最初、共通点はなかったのに、今では友情のようなものを感じる。同じ苦労を共にした仲間のような。長い距離を共に歩く。それは意識下で何かを育むのかもしれない。

第15回東海道ウォーク
2月9日（土）　土山宿（土山SA）〜水口宿（水口石橋）　12・5キロ
2月10日（日）　水口宿（水口石橋）〜石部宿（草津線・手原駅）　20・2キロ

この間に、1月26日、27日に庄野宿〜亀山宿〜関宿〜坂下宿のウォーキングがあったのだけど私は仕事で参加できず、悲しい思い。くすん。

話を聞くと、関宿は昔の風情の残った感じのいい宿でみどころも多かったのだそう。屋台がたくさん出ているところがあり、とてもおいしかったとか。鈴鹿峠も越えたとか。とても寒くて雪が降ってきて、石垣さんは耳がしもやけになったそう。……どんな話も羨ましい。で、今日は私は参加できるのでいそいそと朝の4時半に起きて、5時20分に家を出る。

まだ外は、まっくら。


新幹線の中で食べようと朝食を選ぶ。おにぎりみたいなのにしようか、お弁当にしようか。今日はかっちりと牛肉弁当にしよう。あたたかいお茶も買う。

品川発6時7分の新幹線自由席に乗り込んだら、今まで座れないことはなかったのに満席で通路に立ってる人がいる。えっ！　こんなこと初めて……。

どうしようと思いながら指定席は空いてないかなと移動しようとしたら、香山さんがいた。

「混んでますね～」と話していたら、近くに車掌さんがいて人々が並んで指定券を買っている。あっ、と思い、列に並ぶ。

横浜あたりでやっと私の番が来た。若い車掌さんがひっきりなしに発券している。

「大変ですね～」と思わず声をかける。

「はい。でも、予想してましたから」

「いつもは座れるのに……」

「やっぱり3連休ですからね」

「そうですね～」3連休の初日の始発の新幹線。

指定券を買って、香山さんに「お先に」と挨拶して席へ移動する。

牛肉弁当はおいしくなかった……。ちょっと残す。

7時36分に名古屋に到着。みんなと合流。今日は他に、菊地さん、石垣さん、藤田さん、杉江さんの6名。有松絞の有馬くんは仕事で不在。

名古屋駅から高速バスに乗って、土山SAまで約1時間。山を登っていくにつれ、空が灰色になってきた。なんだか白くけぶってるなと思ったら、雪。まさかの。

みるみる積もっていく。えっ……と思った頃、土山SAに着いた。まわりは白銀の世界(笑)。そこで降りた私たち6人。全員、雪を見て苦笑している。

きゅっきゅっと雪を踏みしめ、とりあえずSAへ入る。私は売店を見てまわり、天むすと塩むすびと、欲しかった「かにが坂飴」を購入。天むすは1個だけ食べたかったけど5個入りしかなかったので、それを買ってみんなに分ける。塩むすびはおいしいお米と書いてあったのでつい。「かにが坂飴」はガイドブックで見た時から欲しかった飴。畳表に米と麦でできた水飴を丸く垂らして、押さえつけて、ひらべったい飴を一個一個手作りしているのだぞう。

9時45分、雪の中を出発。今回はクロちゃんも登場。さっそく雪の中で記念写真を撮る。そして坂道を下る。下りながら塩むすびを1個食べる。「かにが坂飴」も食べる。自然なほの甘さで気に入った。大昔、鈴鹿山麓にいたという巨大なカニの伝説に基づく厄除《やくよ》け飴。

10時15分、本日のスタート地点の土山宿に到着。東海道に入る。道が綺麗に歩きやすく整備され、古い街並みが残されていてとても感じがいい。時々おしゃべりしたりしながら進む。雪はやんできて陽も射してきた。

11時に「東海道伝馬館」というところを見学する。大名行列のミニチュアがあった。2階に東海道の名物お菓子の見本展示と切り絵、東海道の浮世絵を箱庭のような丸いミニ盆栽仕立てにしてある展示部屋があって、その盆栽仕立てはとてもかわいらしかった。聞けば、三上さんというお菓子屋さんが一人で10年ほどかけてコツコツ作ったのだそう。きれいに展示されていて感じがいい。特産物コーナーで私はまた「かにが坂飴」を購入。つい、買いだめしてしまうクセで。

ストーブで体をあたためて、11時40分に出発。

またいろいろしゃべりながら歩く。この宿は、家の玄関前にどこにでも葉牡丹《はぼたん》がある。行けども行けども葉牡丹だ。いったいどういういきさつでみんな葉牡丹を育てるようになったのだろう……。不思議なほどずっと葉牡丹が続く。

太陽が射すと一気にぽわんとあたたかくなり、陰ると急に暗く寒くなる。そのあまりにも明らかな変化に驚く。そして「太陽は熱い」というのを実感した。

まるで今、それに気づいたように、「太陽って、すごく熱いんじゃない⁉」と藤田さんに言ったら、……笑ってた。

1時に、昼食。うれしい〜。お昼ご飯と、スーパー銭湯と夜のご飯が、旅の楽しみ。この辺にお店はそこしかないというお寿司屋さんへ。でもお寿司屋さんといってもうどんやそばや定食やカレーもある。座敷に上がる。

寒いので味噌煮込みうどんにした。でも赤だしじゃなくて合わせ味噌味らしい。甘めだったけど、おいしくあったまった。鯖寿司が人気と書いてあったので、一皿とってみんなで分けたのだけど、ご飯の量がすごく多く、家の壁のようなご飯に鯖は屋根のようだった。でも柔らかくてとてもおいしかった。このお寿司屋さんはネタの大きさが大きいというのが売りらしい。鯖寿司で大きいのはご飯だったけど。

杉江さんは風邪をひいてて苦しそう。もしかするとインフルエンザかもしれないと言ってる。

私たちのほとんどが煮込みうどんにしたけど、藤田さんだけ違うのを注文してた。藤田さんはみんなが同じものを注文する時でも、いつも自分の食べたいものを注文する。それがみんなと同じ時もあるし、自分だけの時もある。私はけっこう、みんなと同じになったりするし、みんなが注文するものがもしかしておいしいかも、それがおいしかったら悔しい……みたいな気持ちになって同調することが多い。人と一緒だと人に同調しがち。でも藤田さんは違う。絶対に自分の好みを貫く。ひとりになっても。そういうところが好き。

靴を履きながら……、今日のホテルでは街道パックとかいう東海道を歩いている人だけのパックがあって、サービスでクッキーかお風呂の入浴剤がもらえるのだとか。入浴剤の方がいいかな～、でも人工っぽい匂いのはあんまり好きじゃないな～と話していて、なんの流れでか、「永続するしあわせってないよね」と言ったら、藤田さんが「ない」ときっぱり（笑）。

2時20分出発。

そこからまたひたすら歩く。感じのいい歩きやすい街並み。そして葉牡丹街道（今、命名）。

調子のいい時はいろいろおしゃべりしながら。なにしろしゃべりたい時と沈黙の時の波がみんなある。

異性を惑わし惹きつける魅力を持つ魔性の芸能人たちについて楽しく語りあっていた時、私が「あーあ。私にもだれか男性が惹きつけられてこないかなあ」と言ったら、藤田さんが申し訳なさそうに「あのぉ〜、人には、異性を惹きつける人と、同性を惹きつける人がいると思うんですけど、銀色さんは明らかに……」「同性？」「そうです」むむぅ〜。

いいわ。歩くわ。トコトコと。葉牡丹街道を。

「なんでもないところで記念写真を撮るのもいいんじゃない？」と、普通の道の普通の車の前の普通のバス停で藤田さんと記念写真。

杉江さんはやはり風邪がひどくなり、歩くのもつらくなり、タクシーを呼んでホテルへ（そして今日のうちに帰らないと明日は動けなくなるかもということで、そのまま東京へ……）。

5時頃、水口石橋駅を通過。空はもう夕方のうす暗さで、見上げた電線の繋ぎ目が鳥がとまって羽を休めてるように見えた。5時半にホテルに到着。ロビーに熱帯魚の水槽がずらずらと並んでいるアットホーム？　なホテル。そしてまた、甲賀忍者と信楽焼《しがらきやき》が有名らしく、エレベーター前には忍者の人形とタヌキの置物がたくさん。
サービスでクッキーと入浴剤、両方もらえた。クッキーというのはよく見ると、クッキーではなく小さな手裏剣の形のパイだった。おいしかった。

温泉に行って、そこでついでに夕食も食べる。手羽先とか大根サラダとか、よくあるつまみいろいろ。今日買って食べ残していた塩むすびも食べる。

この5人、全員独身。なので、私が「ここにいるのは全員独身だけど、みんな、恋愛や結婚したい度、10のうちいくつ？」と問いかけてみた。「私は、恋愛は10だけど、結婚はゼロ」（本当は恋愛もどうでもいいのだけどこういう時は景気づけに大きく言う私）

菊地さんは「結婚はゼロ」、恋愛は……なんて言ったか忘れたけど高くはなかった。藤田さんは、どちらもすごく低かったような。石垣さんも、低めだったような……。そして香山さんだけが、「どちらも5、5」とのこと。どちらにも悪いイメージはなく、縁があったらと普通に受け止めているということでしょうか。

香山さんは一度も就職したことがなく、ずっと大学生の頃から書評を書いてて大好きな本を読んで今まで生きてこられたという人で、それは幸せな人生だったのではないか……と菊地さんと後で話す。あと、私が好きそうな本を「3冊、持ってきました」とのこと。わあ、うれしい。

2月10日（日）

いつものように、まだ外は真っ暗な5時にロビー集合。みんなが来る前に、忍者とタヌキとクロちゃんの記念写真を撮る。

暗い道をコンビニへ向かう。

「夜、隣の部屋からへんな（女性のあえぎ）声が聞こえてきて、いやだな～、ここ、シングルなのに、と思って。だけど夜中で静かなので、小さくその声がどうしても聞こえてくる。本当に気が沈む……。でも、なんだか臨場感がないなあ……と思って、ああ、ビデオを見てるんだと気づき、しばらく我慢してたらいつのまにか眠ってた」などと話しながら進む。ホテルで隣の部屋から声や物音が聞こえてくるの大嫌い。それを思うと、ホテルには泊まりたくないと思う。高級ホテルでも遮音性が低いとこがある。たまに話してる内容さえわかることがある。

コンビニで朝食を買って（ホットドッグとホットコーヒー。あとお腹すいた時用におにぎり）、お店の前で食べてから出発。早朝は真っ暗でどこも見学できないので、進みが早い。ひたすら歩き続けた。

四日市駅前に到着、公園の墳水の前で。

私は黄緑色
COROLLA

オレンジ色の藤田さん
宝くじ
LOTO

私とお地蔵さんと香山さんのスリーショット

田舎道を歩く、ススキ、陽射しぽかぽか、のんびり

トンネルの向こうに小さく消えていくみんな

食べたかった「かにが坂飴」
村神社 厄除
が坂飴

思わぬ雪景色の中、
クロちゃん登場。

赤の藤田さん、緑の菊地さん

田村神社近くの橋。

まわりにずらりと

東海道伝馬館

かにが坂飴の見本も

かわいいミニチュア

葉牡丹が続く…

さば寿司、ごはん タタ

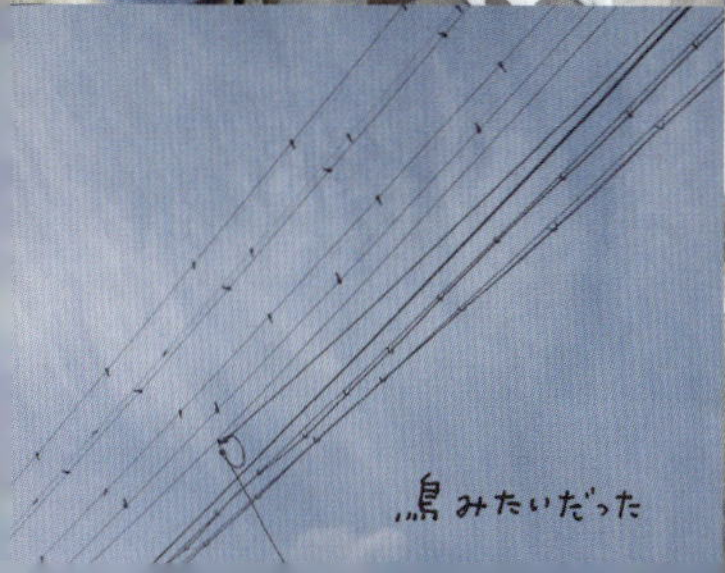
鳥みたいだった

バス停前で記念写真

甲賀忍者と タヌキとクロちゃん

横田の渡し公園にて

ねじねじの木

ひときわ華やかな葉牡丹の植え込み

東海道歴史民俗資料館

にしんそば

家に帰って食べた 手裏剣形のパイ

手原駅近くの 手ハラ ベン子

葉が輝く

小田原から箱根へ

甘酒茶屋

KASHINOKI SLOPE
橿木《かしのき》坂《さか》
「新編相模国風土記稿」に
「峭崖（高く険しい崖）に橿樹
あり、故に名を得」とあります。
「東海道名所日記」には、
けわしきこと、道中一番の難所
なり、おとこ、かくぞよみける。
「橿の木の
さかをこゆれば
くるしくて、
どんぐりほどの
涙こぼるる」
と書かれています。
どんぐりほどの涙

おもちもおいしい

甘酒など

芦ノ湖です

石畳をゆく

箱根の関所

おだんごの見本

白玉おしるこの見本

箱根峠は 雨と霧

6 時出発、キリ雨

急げ急げ

ちょっと明るくなってきた！

もう安心

三島大社
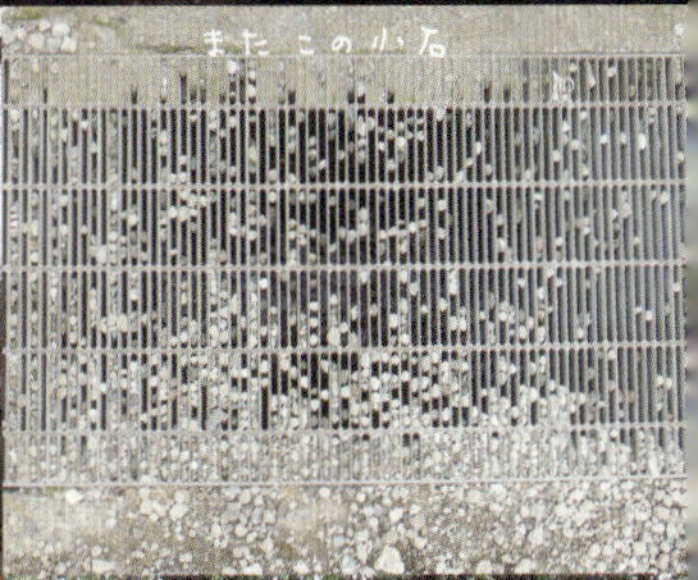
またこの小石

おいしいうな丼

そこで見てた
こぶしの花

ふぐの看板、立体的

ラストウォーク。

私と藤田さん

有松しぼりの有馬くんが高いところからパチリ
手をのばして

白ぬりのお地蔵さん

たぬきに似た猫

桜とれんぎょうがきれい

ここにも

丸い木

冷やしとろろそば

琵琶湖だ

こちらも

苔むした蝉丸神社

藤田さん おたん生日、おめでとう。

また顔はめパネル

石灯籠と私

大津市と京都市の境目

葉牡丹も成長してます

なすの風船

ひたすら歩きます

丸い木たくさん

琵琶湖疏水記念館の近く

蹴上インクラインの桜

三門から

南禅寺

ここを行く

鴨川、うららか

三条大橋

弥次さん喜多さん銅像の前で記念写真

鴨川べりを、夢遊病者のように、中華屋まで歩く

横田の渡し公園というところに大常夜灯があり、そこから川を眺める。

7時にコンビニで休憩して、そこからなおも歩き続ける。まだ葉牡丹呪縛は続いている。ひときわ華やかな葉牡丹の植え込みがあったので、葉牡丹と記念写真を撮る。

ある家の前の木がねじねじとらせん状に剪定されていておもしろかった。


歩きながらまた石垣さんと藤田さんが妄想話を始めたようだ。ふたりで地方都市の飲み屋のママになったら……というシチュエーションで楽しそうに会話しているのが、後ろを歩く私と菊地さんの耳に風に乗って聞こえてくる。ふたりで、ふふふっと笑う。


順調に進み、このままだとあと1時間ぐらいで今日の目的地に着きそう、というところまで来た。時間は9時半。まだ早い。

地図を見ると東海道から外れたところに東海道石部宿歴史民俗資料館というところがある。宿場町を原寸大で作ったテーマパークだとか。そこに寄ってみようということになる。でもそこまで20分も歩かなければならない。東海道から外れたところは一歩も歩きたくないという藤田さんには、菊地さんも石垣さんも20分というのは内緒にして、「ちょっと外れます」

とだけ告げたのだそう。

東海道から外れるといきなり普通の、情緒もなにもない道で、急に殺伐とした気持ちになった。1キロぐらい歩いたけど、それらしきところはみあたらない。石垣さんが電話をかけたら、「そのまままっすぐに山を登って来てください。……歩きですか？」と驚かれたとか。

山を登りながら、だんだん嫌な予感がしてきた。まったく観光っぽくない雰囲気。坂はどこまでも続いていそうだし。テーマパークって？

振り返ると遠くに小さく藤田さんが見え、かなりもやもやと機嫌を悪くしていそうなオーラが漂っている。菊地さんと石垣さんはマズイと思ったようで、声がワントーン高く、話す内容も不自然なほどポジティブになっている。無理なポジティブさでみんなの気を紛らわそうとしているのだ。でもそれが出るとますます全員、確実に不安に。

石垣さんは途中でまた電話をし、もっと上です、と言われていた。菊地さんはいたたまれない様子で「先に行って見つけてきます！」と走って去っていき、振り返ると石垣さんがまた電話で確認しようとして、でも話し中とかで気をもんでいる。「通り過ぎたかもしれない」などと言ってるけど、明らかに途中には何もなかったよ。藤田さんの姿は見えない。坂のカーブの向こうにいる様子。菊地さんが、「ありました～」と戻ってきて、石垣さんは電話が通じて「この先だそうです」と言い、藤田さんも（こんな東海道から外れたところ、知ってたら絶対に来なかったという）機嫌悪いオーラ全開でよたよたと登って来て、香山さんはいつものように淡々と、私は静かにテクテク進んだ。

着いた、着いた！　わーい。

何度も電話したからか、管理事務所の方が心配して前まで出て来て下さっていた。

でも、とてもテーマパークという雰囲気ではなく、よくある運動公園だった。きれいに作られたお茶屋や田舎家などはあったけどひとっこひとりいなくて、この季節にわざわざ東海道ウォークの途中に歩いて見に来るようなところではない。大きな野球場があって、あたたかい季節に家族でお弁当持って運動しに来たらいいようなところだった。

藤田さんが遠くからだんだん近づいてきた……。こういう時はみんな、ゴジラを遠くから眺めるように遠巻きにその姿をチラチラ振り返り、ついてきてると確認して、ひそかに安心する。

ゴジラがちょっとずつ近づいてくる……。そっとその顔を盗み見る……。もちろん眉間にしわは寄ってるけど、大丈夫だ。機嫌が悪くても、ゴジラ、我慢強いから。

私は機嫌を悪くした藤田さんも大好き。藤田さんは筋が通ってるから。

「帰りはタクシーにします」と菊地さんが言ったので、「帰りはタクシーだって！」と私はうれしく、振り返ってみんなに伝える。

せっかくなので、ひとっこひとりいないお茶屋や旅籠を模した建物の前でクロちゃん記念写真をのんびり撮る。民俗資料館には、玄関まで行ってみたけどどうも入る気になれず、ひとり、中の様子を見に行っただれかが特に入る必要はないと思うと言ったので、中には入らなかった。

タクシーが来て、お昼に行こうと予定していた東海道沿いの田楽茶屋まで乗る。10時30分到着。そこでにしんそばを注文した。にしんそばは……甘辛くて、そばは柔らかく、つゆは濃く、前に食べた時もそう思ったような気がするけど、もういいかなと思った。菊地さんも、同意見。

11時20分、田楽茶屋を出発。

いい街並みだ。あたたかくて爽やかな空気の中、ひたすらの歩きも順調。足は疲れてるけどいつまでも歩けそうな気がする。

手原の街に、手ハラベンチという手のひらの形の石のベンチがあり、そこに座ってみた。

そして1時20分、草津線の手原駅に到着。

京都で、菊地さんお勧めの牛肉弁当を伊勢丹の地下でみんな買って、そこで解散。解散する時、香山さんから本3冊をいただく。

ほかに夜用に鯖寿司と2段弁当も買って、グレープフルーツ缶チューハイを買って、新幹線で飲みながら、さっきもらった本を広げる。『殺す風』マーガレット・ミラー、『殺人者の烙印』パトリシア・ハイスミス、『運命の倒置法』バーバラ・ヴァイン（ルース・レンデル）。ルース・レンデルは私の好きな作家だし。ありがとうございます。

東海道ウォークも、3月の中旬の「箱根越え」と、下旬の最終行程「京都まで」を残すのみとなった。どちらもぜひ参加したい。箱根は断食直後なので、1日目の途中からの参加になると思うけど、途中からでもいいからぜひ。

黙々と歩いていると、いろんなことを考えて何らかの結論が出るのがいい。

今回はずっと今後の人生について考えていた。

そして、私は今後、もっと目的を絞って、シンプルに、余計なことにこころ乱されずに、おだやかに、ひとりでも満足して生きていきたいと思った。

いつも似たようなことを言ってるけど、私の中では常に更新されていて、新しく何かを思うたびに改めて気が引き締まる。

第16回東海道ウォーク
3月16日（土）17日（日）　小田原宿〜箱根宿　16・5キロ
3月18日（月）　箱根宿〜三島宿　14・7キロ

冬だったので保留になっていたという、箱根越えです。

私は伊豆の断食から直行。

小田原駅に着いて地図を忘れてきたことに気づき、観光案内所で東海道宿場マップをもらう。みんなはすでに小田原城を見学して箱根湯本までウォークを始めているので、今日は私はひとりで歩く。ホテルに直接チェックインするからと伝えてある。小田原駅から箱根湯本まで約10キロ。11時40分から、3時間の予定。

暖かく気持ちのいい天気なのでひとりでトコトコ歩くのも嫌じゃない。街を抜けて旧道を行くと民家の庭の木々にいろいろな花が咲いていて、若い葉っぱが黄緑色に輝き、とても美しく、なごむ。

川沿いの小田原用水取り入れ口で休憩。桜が咲いていて、風がそよそよと吹いている。断食宿でもらったカップケーキを食べる。平和な感じ。

そこからまたトコトコと歩き、2時すぎ、箱根湯本駅の手前の三枚橋を左に折れ、あと30分ぐらいで宿泊予定の温泉ホテルに到着するというあたりで、数メートル先の地面に紙が落ちているのに気づく。拾い上げてみると、いつも石垣さんたちが見ている地図だった。もしやこのすぐ先にみんながいるのかも。

見ると、先のところにもやもやとゆっくり動く数人の集団が！

あれだ……。

大声で呼ぶ気力はなく、ちょっと速度をあげて進む。

しばらくするとその集団が立ち止まり、何か話している。そして、藤田さんが後ろを振り向き、そこで私に気づいてくれた。

にっこり笑って近づく。

うふふ。

「これ、落ちてたよ～」と地図を渡したら、菊地さんが「あ！　私のだ」と言う。

「これを拾ったから、前にいるのかもと思った。ヘンゼルとグレーテルみたいに」

ホテルに着く前に合流できて、ちょっとうれしかった。

3時頃到着。大きくて古い温泉ホテル。使っていない部屋もたくさんあるみたいで、ホテル内の足つぼマッサージに行ったのだけどすごく遠くて恐かった。

温泉に入り、夕食はバイキング。断食後の1週間は味の濃いものや脂っこいものは控えた方がいいと言われたけどしょうがない。気をつけようとしたけどつい食べてしまった。

いつものようなビジネスホテルの個室はこの辺にないので、4人で一緒の和室。でも、眠れないこともなくまあまあ眠れた。藤田さんはマッサージさんを呼んでマッサージ。菊地さんと石垣さんは早々にぐっすりと寝ていた。

3月17日（日）
箱根湯本～箱根宿　7・5キロ
6時にチェックアウト。朝食代わりのお弁当をもらい、ロビーで食べてから出発する。「くるしくて、どんぐりほどの涙こぼる」と歌われた橿木坂《かしのきざか》など、いろいろな坂を上る。グングン上って、9時半に甘酒茶屋に到着。そこで飲んだ甘酒がとてもおいしかった。自然な甘さで、好きな味。有馬くんもおいしいと言ってた。うぐいす餅も磯辺焼きもとてもおいしかった。
杉並木の石畳を上がり、芦ノ湖に1時に到着。まずお昼ご飯をということで、箱根関所の近くの観光レストランへ入る。そこへ向かう途中、香山さんに「本、どうもありがとうございました」と伝える。「でも私は夫婦や家族の現実的で感情的なごちゃごちゃみたいなのよりも、もっと雰囲気のある……、たとえば『レベッカ』を書いた……」

「デュ・モーリア？」

「はい。……の、『レイチェル』とか、南の島やリゾート地を舞台にしたのとかが好きなんです。それとはちょっと違うけど、このあいだ断食のところにあって何となく手にとって読んだ『イヴ&ローク』のシリーズも好きでした」

「J・D・ロブ」

「そうそう。ああいうのも好き」

「あれはもうかなりたくさん出てるでしょう」

「はい。20巻以上。その途中の1冊があったので、途中だったけど読んだらおもしろかったです」

「……デュ・モーリアですか。ゴシックロマン風のは考えてなかったなあ。研究しておきます」

「はい。あ、いえ……」頼んだみたいになっちゃった……。

そして、辛いカレーを食べる。

それから関所見学。ささっと見て、長い階段の上の展望台に上り、また下りる。

そして2時頃、今日の宿泊先、リゾートチックな箱根ホテルへ。このあたりにもいつものビジネスホテルはないらしい。いつもの3倍の値段を払って泊まる。でも、きれいで気持ちがよかった。今日は芦ノ湖に早い時間に着くから、私はそのまま明日のウォーク予定の三島までひとりで歩いて帰ろうかなと思ったけど、やはり泊まることにした。

時間があるので箱根神社を見学に行く。ちょろっと見てから、ホテルの温泉に入り、夜6時から近くの居酒屋へ。この辺には夜開いている食べ物屋がなく、たった一軒、電話もつながらない小さなお店があるだけだった。女主人がひとりで切り盛りしているみたいで、7人で行ったらてんてこまいになり、菊地さんがお皿を下げたり、生ビールはつぐ手間がかかるから瓶にしようとか、みんなで協力する。助っ人に親せきを呼んだみたいで、途中何か買ってきてもらってた。「こんな忙しいのは初めて」と言ってるのが聞こえた。

そういうわけで最初なかなかお料理が出てこなかった。断食明けの私が頼んだ山芋の千切りともずく酢はすぐ来たけど、それ以外はまだ。それで、寂しいテーブルを囲んでみんな話すしかなく、異様にわきあいあいとおしゃべりをし続ける。今までの苦労話や思い出話などを。話は尽きなかった。

しばらくしたらポテトフライや若鶏のもも塩焼き、モツ炒めなどが出てきて、やっとみんなちょっとずつ口に入れ始める。焼き鳥や焼きそば、キムチチャーハンも最後には来た。けど、下流にいた石垣さんのところまで食べ物が流れ着いたか不明。「食べれた？」と気になってあとで聞いたほど。「はい」って言ってたけど。

そうそう、杉江さんが私が歌詞を書いた映画の「うる星《せい》やつら4」の主題歌「メランコリーの軌跡」を好きだったそうで、そのことを熱く語ってくれてうれしかった。

3月18日（月）

6時出発。朝食は各自、ゆうべのうちに配られたパンやジュースなどを部屋で食べてから。今日は午後から暴風雨との予報なので、早いうちに三島に着きたい。三島宿まで14・7キロ。

歩き始めてしばらくは上りだった。霧が立ち込め、雨のような粒も時おり落ちてくる。雨にならなければいいけど……。この霧雨みたいなのは山の上、特有のものだろう。

上り切って国道に出たら、そこは箱根峠で、一気に天候が変わった。暴風雨と言ってもいいぐらい。私は雨具も持ってなくて、ダウンジャケットは山用のゴアテックスじゃなく雨が染み込む普通の。なので、だんだん雨が染み込んできた。霧で前がよく見えず、時々通る車は猛スピードで飛ばしてる。国道を何回も横切って進むけど、霧で前が見えにくく道もよくわからない。強風と雨。このまま進んでもいいのだろうか。これは山の峠だからで、早く下ろう。菊地さんは難しい顔をして考えている。危険かもしれないから撤退するべきかもしれないと考えている様子。

霧と雨の峠を、先に進んだり立ち止まったりしながらどうにか越える。

私は濡れて、帽子を押さえている手がとても冷たい。

下りに入るとそこは細い山道でまわりを竹のトンネルに包まれ、雨も風も防いであたたかかった。ホッと一息。でもすごく暗い。遭難の危険も消え去らない。その時の時間は7時15分。あ、家に電話して子どもを起こさないと。電話して、普通に起こしてすぐに切る。

恐ろしいようなうす暗い竹のトンネルを下りながら、前を行く石垣さんに「みんな励まし合って下ってるね。こういう時に歌でも歌うんじゃない？」と言ってたら、本当に後ろから菊地さんと藤田さんが歌を歌っているのが聞こえてきた。「遭難する時って、ぎりぎりまできっと冗談を言い合ってるんだろうね。まさか遭難するなんて思わずに。今みたいに……」

そのまま黙々と勢いよく下り続けたら、だんだん明るくなり雨も止《や》んできた。もう遭難の危険はなさそう。うっすら陽も射している。あたたかい。

10時に休憩。あたたかい強風の中、それぞれにおやつやバウムクーヘンなどを食べる。平和な気持ち。

そのあともずっと長い下りだった。でも、困難と危険を越えたから、何の不平不満もなく、おだやかな気持ちで歩く。それを思うと多少の困難や危険性って大事だなと思った。それがなかったらブツブツと文句のひとつもでてきそうなところ、それがあったから、なにもないことがただありがたいことだと思え、なんの文句もない。ただ幸せ。そういうことを菊地さんと話しながら下る。

道端には水仙やパンジーが咲き誇っていた。金柑がたくさん実をつけた木があったので1個ちぎって食べた。

突然、何かいいことがこの先にありそうなワクワクとした幸せな思いに満たされた。気持ちのいい風がずっと吹いている。その思いはしばらく続いた。物事って自分が思うほど、よくも悪くもないのだろう。

11時45分に三島大社に着いて、みんなでお参り。枝垂れ桜がきれい。私はちょっと離れたところからペコリと頭を下げただけで、ぶらぶらこぶしの花を見てた。それからおいしいうなぎ屋さんでうな丼を食べて帰る。

とっても疲れたけど、しあわせな気持ちだった。

第17回東海道ウォーク
3月30日（土）　石部宿（手原駅）～草津宿～大津宿　19・5キロ
3月31日（日）　大津宿～三条大橋　11・7キロ
今日と明日でついに東海道ウォーク最終回。

6時7分品川発の「のぞみ1号」に乗り、京都駅に8時11分に着く。そこでみんなと会う。8名。藤田さんに「今日も徹夜？」と聞いたら、「そうです～」と。

私がこの東海道ウォークで得たふたつの宝は、足がかゆくならずに長距離を歩けるようになったことと、藤田さんが毎回ほとんど寝ないで仕事してそのままウォークをしているというのを聞いて、眠らなくても人は歩けるんだという（人ごとながら）自信を得たことだ。ちょっと寝不足とか、昨日3時間しか寝てないなんて全然たいしたことじゃないということがわかり、今後は寝不足でも心配しないし、甘えたり文句を言ったりもしないし、人が寝不足でも気にしない。寝不足の恐怖からの解放を得た。

歩けるようになったことはもっと大きい。それは私の身体、健康に関する大改革かもしれない。

さて、京都から山陽本線で草津へ。それから草津線で前回の到着地、手原駅へ。

9時10分、手原駅出発。

今日は琵琶湖畔の大津宿まで19・5キロの歩き。小ぢんまりとした道をトコトコと歩く。気温もちょうどよく、さわやか。道端の家々に咲く花が美しく、沈丁花がいい匂い。桜や菜の花を眺めながらゆっくり進む。

10時過ぎに草津宿本陣に到着。広い建物内を見学する。本陣は今まで何度も見てきたので珍しくはない。それから近くの街道交流館に入って簡単な浮世絵キットで浮世絵を刷る。旅体験コーナーで駕籠に乗ったりもした。宿場町のミニチュアセットの前で写真を撮ってもらおうと有松絞の有馬くんに撮ってもらったら、脚立の上から撮ったような、やけに高所からのアングルだった。背が高いから。

街道沿いのろうそくとお線香のお店で沈香《じんこう》と白檀《びゃくだん》の香りの線香を買う。

そしてまた歩き始める。たぬきに似た猫や、和菓子とお団子、白塗りのお地蔵さんなどを見ながら進む。1時になったのでお昼を食べるところを探す。うろうろして、瀬田駅前のお蕎麦屋さんに入り、私は冷やしとろろそばにした。海老天3本入り。

その後はふたたび街中をひたすら歩く。堤防の桜やれんぎょうがきれいでぽかぽか。

後ろを歩くふたりが「ジブリアニメでは何が好き？　私はね……」と楽しそうに話している。またた。ジブリのアニメを好きな人、多いなあ。この言葉、何度も聞いた。隣の菊地さんにポツリと「後ろでジブリアニメの話してるけど、私、アニメ映画って興味ないんだよね……」とつぶやくと、「私もあんまり」と言う。「でも、ジブリのアニメを好きな人は多くて、嫌いって言うとまるで悪人みたいな気にさせられる……。藤田さんもアニメ、好きじゃなさそう」「あ、藤田さんは映画、嫌いですよ」「ホント？　いいこと聞いた。あとで聞いてみようっと」

で、しばらくして、藤田さんがそばにいたので近づいて「藤田さん。映画、嫌いなんだって？　私は好きなところと嫌いなところがあるんだけど、どういうところが嫌いなの？」。

「とにかくまず始まる時間が決まっていて、そこに時間通りに行かなきゃいけないっていうところからして、もうすでに嫌です……。あと、2時間じっと座ってなきゃいけないところも」

「私も。私は前は時々映画館に見に行ってたけど、最近は全然。じっと見てるのが退屈だったり苦しくて……。家でたまに録画したのやレンタルのを見るんだけど、ずっとは見れないの。5分ぐらいで止めて、他のことしたり。いい気持ちになったらなったで、そこで一旦止めて、いい気持ちのまま他のことをしたくなったり。そしてしばらくしてまたもどってきて続きを見るの。小刻みに見るのが好き。すごく小刻みに。途中だったことを忘れたりもしながら」

枝先が丸く剪定された木のある神社で休憩したり、コンビニでおやつを買ったりしながら進む。コンビニから出る時、「私はこれからは淡々と生きるの。ないものを無理に求めず」と菊地さんに話したら、隣にいた藤田さんが「私も数年後、同じようなことを言ってるような気がする……」としみじみと。

藤田さんはいつもぎりぎりまで仕事をしなくて、ぎりぎりになって徹夜で仕上げて、ということを繰り返しているそうで、そういう生活を変えたいんです、と言う。私は藤田さんには、もっと強く、ブイブイ、ブンブン大胆に生きてほしい、と言う。

石垣さんは、おもしろい。

石垣さんは細くてちゃきちゃきさっぱりしててキップのいいきれいな人で、恋人がいなくてひとり暮らしで、大みそかに近所の行きつけの魚屋さんでおひとり様用の刺身盛りを作ってもらうのが楽しみなのだそう。おいしいものがちんまりたくさん盛り付けられていて、とても幸せな気持ちで食べるのだとか。話も妄想的で楽しく、もしかして縁遠いのはおもしろすぎるからかも！

楽しく気ままに生きてるひとり暮らしの人って多い。出会っちゃったらしょうがないけど、出会わなかったらひとりを楽しめるね。どちらにしても、今日できる楽しみを生きよう！

5時に浜大津駅の近くのホテルに到着。琵琶湖を見に行ったけど寒かったのですぐに引き返す。ホテルの部屋のお風呂に入って、7時から近くの居酒屋でご飯。今日が最後だからか、いつもよりも遅くまで食べたり飲んだりしながら話していた。でも藤田さんは徹夜明けなので相当眠そうだった。けど、2日前がお誕生日だったとかで、石垣さんがケーキを差し入れしてあげてた。ほんわかと。

3月31日（日）

昨日の夜、窓ガラスに大きな蚊みたいな虫がいて嫌だなと思ってカーテンを閉めた。で、今朝起きたら左のまぶたがすごく腫れていた。あの虫に刺されたのだろうか。

今日の歩行距離は短く、11・7キロなので、いつもよりも遅く7時半に出発。

徹底的に苔むし、荒くれた蟬丸神社を見たりしながら、ゆるゆると進む。逢坂の関で蟬丸が読んだ「これやこの行くも帰るもわかれては知るも知らぬも逢坂の関」の石碑をみて、石灯籠と記念写真。私の立ち姿も石灯籠のように直立不動だったのには驚いた。

道中、たくさん見かけた葉牡丹も春になって薹《とう》が立ってきてる。大津市と京都市の境目、追分を通り、交通量の多い細い道をひたすら進む。なすの風船が商店街のあちこちにぶらさがっていた。

細い山道を登っていたら、そこにいたおじさんが「そこにおいしい水がでてんの知ってる?」と言って山の湧き水を教えてくれた。水を飲んで、ボトルにもつめる。空のペットボトルを持ったおじさんが上がってきたので、みんなこの水を汲んでるんだなと思った。

しばらく行くと狭い道端で車を丁寧に洗うおじさんがいた。日曜日の午前中、白い泡をたてて大事そうに。ナンバープレートを見たら8並び。好きな数字なのかな……。

東海道を歩いてきて、たくさんの見知らぬ町を通り過ぎたけど、どの町にも人が住み、そこにはそこの人々の暮らしがあった。人の営み。

今日もたくさんの布団が干されていた。家によって毛布の色味も違った。あたためられたそれらの布団に今夜ふかふかと包まれる人々がいる。人は暮らしの中で、それぞれの世界を持っている。どの人の暮らしも、その人にとってはただひとつの暮らし。ほかの人の暮らしとはまったく違うし、取り替えられない。長い時間をかけてできたものだ。

そこを通過している私もまた私の暮らしを持っている。私の世界もまた長い時間をかけて出来上がった。これが私の生活だ。ここまで作り上げてきた生活。馴染んだ生活のありがたさを感じる。好きでも嫌いでも、慣れている。


また丸い木がたくさん。ツツジかな。

もうすぐ三条大橋に到着するというところで、南禅寺に寄ろうということになった。東海道以外は一歩も余計に歩きたくないという藤田さんは待っているというので、東海道沿いにあったウェスティン都ホテルで待っててもらい、残りの人で南禅寺に向かう。線路の上を通って（蹴上《けあげ》インクライン）、噴水のところ（琵琶湖疏水《そすい》記念館）を通って、南禅寺へ。桜が満開で観光客も多かった。でも三門の上に登って景色を眺めたら、とてもきれいだった。

ホテルでタルトタタンを食べて「やさしい心を取り戻した」という藤田さんと合流して、三条大橋まで最後のウォーク。


到着。

みんなぼんやりよろこんでる。

三条大橋のたもとの枝垂れ桜がきれい。私も弥次さん喜多さんの銅像の前で記念写真。そのあと、みんなでお昼を食べる中華料理店まで歩いた鴨川べりがあたたかく、天国のようだった。ふわふわした気持ちで歩く。

手動式の「日本最古のエレベーター」のあるそのお店でみんなで乾杯。ビールを飲んで、疲労と終わったという安堵感でますますぼんやり。

香山さんが「また持ってきました。今回は上下巻の。ひとつは南の島のバカンスものです」と言って、上下巻に分かれたミステリー小説を2組。『悪夢のバカンス』と『三つの秘文字』。「ありがとうございます」と受け取る。重いから最後に渡して下さったのだ。ずっとかついで歩いてくれたんだ。いつもいただいてばかりだと思い、「お礼をしたいんですが、香山さんは何がお好きなんですか？　好きな食べ物とかありますか？」と聞いたら、「いや、僕は……、いいですよ」とおっしゃる。するとすかさず隣の菊地さんが「私はカレー！」石垣さんが「私はお寿司！」。

「ハハ。香山さんへのお礼にって、みんなにそれぞれの好きなものをあげたりして！」

焼き餃子と野菜炒め、鶏のピリカラ炒めみたいなのが来て、食べる。みんな、思い出したことなどをぽつぽつぼんやりしゃべるけど、すべてが夢のよう。スローモーションで動いてる。喜び、達成感、安堵感、解放感、一抹の寂しさ。そして、ますますみんなぼーっとしたまま、桜満開の京都の街をそれぞれの方向へと散っていった……。

あとがき

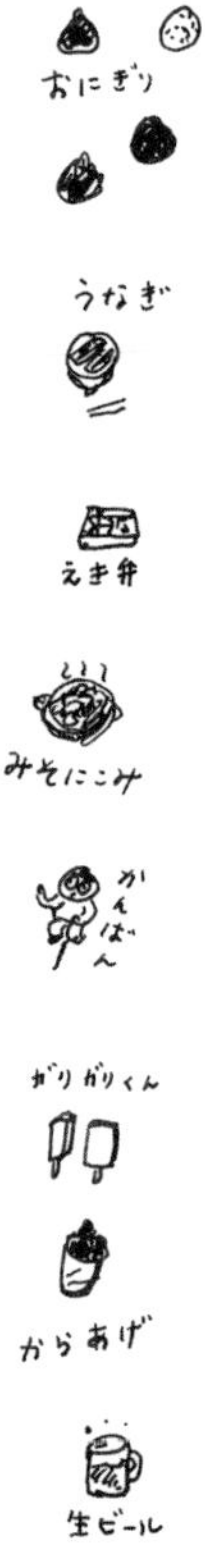

ずいぶん前に行った尾瀬のことをやっと本にできてうれしいです。読み返して、懐かしくほほえましく思い出しました。尾瀬の景色は本当にきれいでした。丸沼、菅沼、金精峠《こんせいとうげ》、戦場ヶ原のあたりもとても好きです。戦場ヶ原は『あの空は夏の中』という写真詩集の撮影地で、今までに何回か行ったことがあります。白い幹の木や細く繊細な草花がたくさんあって、空気も冷涼で、いるだけで気持ちがよかったです。

ホタルイカ漁にはずっと行ってみたくて、やっと実現しました。ホタルイカの光は思ったよりも儚《はかな》げでしたが、色は青かったです。

東海道は、最初はなんとなく参加したのですが、歩くことが嫌ではなくなって本当によかったです。でも終了した今は歩く機会がなく、またどこかを歩いてみたいなと思っています（ところで、香山さんからもらったたくさんのミステリーの古本……、どれも私のストライクゾーンには入りませんでした。美しくて不思議な雰囲気のある心理的ミステリーを希望します）。

今、興味があるのは、伊勢神宮と熊野古道です。熊野古道は、初めて聞いた時、「クマの子」道だと思い、クマの子の道ってかわいいなと思ってしまいました。
ではまた、次の旅の報告、お待ちください！

銀色夏生

尾瀬《おぜ》・ホタルイカ・東海道《とうかいどう》

銀色夏生《ぎんいろなつを》

平成25年8月1日　初版発行

発行人――石原正康
編集人――永島賞二
発行所――株式会社幻冬舎
〒151-0051東京都渋谷区千駄ヶ谷4-9-7
電話　03(5411)6222(営業)
　　　03(5411)6211(編集)
　　振替00120-8-767643
印刷・製本―図書印刷株式会社
装丁者――高橋雅之

幻冬舎文庫

ISBN978-4-344-42061-8　C0195　き-3-17

幻冬舎ホームページアドレス　http://www.gentosha.co.jp/
この本に関するご意見・ご感想をメールでお寄せいただく場合は、
comment@gentosha.co.jpまで。